PAS COMME les autres

PAR Emmy

Direction de la publication
Isabelle Jeuge-Maynart et Ghislaine Stora

Direction éditoriale
Aurélie Starckmann

Édition
Sylvie Cattaneo-Naves

Couverture
Aurore Élie

Maquette
Jacqueline Gensollen-Bloch

Fabrication
Émilie Latour

ISBN : 978-2-03-597151-7

PAS COMME *les autres*

PAR Emmy

LAROUSSE

Sommaire

Avant-propos

« Coucou tout le monde ! »

Si j'avais su, il y a maintenant dix ans, que cette phrase lancerait ma carrière de youtubeuse beauté en France… Comme quoi, tout part de rien !

Certains d'entre vous me suivent depuis le début, d'autres m'ont rejointe plus tard. Sur YouTube, vous avez regardé mes tutos beauté, vous avez découvert ma passion pour les effets spéciaux, vous avez suivi mes vidéos humour et vous avez assisté à des rencontres inoubliables, clin d'œil à Daniel Radcliffe.

Vous étiez là pour les moments de bonheur, mais aussi pour d'autres instants moins heureux. Vous avez ressenti mes déceptions, mais surtout, beaucoup de mes joies.

De mon côté, j'ai vu des pouces bleus par milliers, des commentaires de plus en plus nombreux, puis derrière l'écran, des personnalités incroyables et un soutien de chaque instant. En dix ans de vidéos, j'ai découvert ce que YouTube pouvait offrir de mieux comme de pire.

J'ai gardé le sourire, la plupart du temps, parce que ceux qui font partie de notre communauté le savent : sourire, c'est faire plaisir aux gens que l'on aime et faire suer ceux qui nous veulent du mal.

Être un(e) warrior, c'est se battre pour que la vie soit belle, malgré tout. Malgré les obstacles, les coups bas, et les coups durs. Et croyez-moi, tout n'a pas toujours été simple pour moi. Sous le maquillage et les sourires, il y a des blessures, des peurs, un chagrin d'amour, des amitiés brisées, un travail acharné, des insomnies…

Vous me connaissez sous le nom d'Emmy, mais qui suis-je vraiment ? Depuis le début, je reste assez secrète sur ma vraie personnalité. En lançant ma chaîne, j'ai voulu protéger mon intimité, mais aussi me créer un personnage de fille que je ne suis pas dans la vraie vie.

Qui pourrait croire, en regardant mes vidéos, que je suis super naturelle au quotidien et que je n'ai pas eu le droit de me maquiller avant l'âge de 20 ans ?

Qui pourrait croire, en suivant ses youtubeurs préférés, qu'on n'en arrive pas là par hasard ou par chance et que, derrière toutes ces paillettes, l'envers du décor n'est pas toujours haut en couleur ?

Je n'ai pas l'intention ici de régler des comptes ni de me plaindre de mon sort. J'ai eu envie de vous parler, sans fard ni maquillage, de mon parcours de vie.

Envie de vous convaincre, parce que j'y crois très fort, que ce qui compte, ce n'est pas le nombre d'obstacles qui se trouvent sur notre chemin, mais la force qu'on est capable de déployer pour les surmonter.

Si vous êtes prêt(e)s à me suivre, voici le moment de tout vous dire : le pire, comme le meilleur !

Attachez vos ceintures, le voyage va être tumultueux !

Emmy

Warrior : emprunté à l'anglais warrior, qui signifie « guerrier ». Qui est combatif ; qui résiste à la douleur, à la peur ; dur à cuire.

IL ÉTAIT une fois...

Une naissance particulière

Enceinte, ma mère danse tout le temps. Petite, elle aurait adoré faire de la danse, mais elle n'a pas eu le droit. Du matin au soir, elle danse. Et quand elle s'arrête de danser, c'est pour manger. Elle n'a pas envie de fraises. Son truc à elle, c'est les merguez. C'est peut-être pour cette raison que je suis piquante ? Elle les aime crues et en mange par kilo. Et des kilos, elle en prend quelques-uns… 30, pour être exacte ! Pas étonnant qu'à terme, on lui annonce un gros bébé…

3 mars. Le terme est déjà dépassé. Ma mère se rend à la maternité, mais on lui dit de retourner chez elle. Elle n'a pas de contractions, le bébé n'est pas prêt, c'est tout ! Mais elle sent que quelque chose cloche et prévient le personnel : elle ne sortira pas d'ici. Son bébé, en revanche, sortira aujourd'hui, un point, c'est tout.

À contrecœur, face à son insistance, on lui fait un monitoring. Je suis en souffrance fœtale. Son bébé est en train de mourir. Toutes les césariennes prévues dans la matinée sont annulées : elle doit en avoir une tout de suite, c'est une question de vie ou de mort.

On lui ouvre le ventre, on m'arrache à elle et je suis emmenée immédiatement pour être prise en charge. Pas le temps de me peser, mais les médecins estiment que je fais environ 5 kilos… Ma mère a perdu énormément de sang, ils lui font une transfusion. On est en pleine affaire du sang contaminé, l'angoisse se mêle à l'épuisement. Ma mère est seule en chirurgie, sans son bébé, qu'elle n'a même pas vu. Sa petite fille est morte, elle n'a pas survécu à l'accouchement, elle en est sûre. Les médecins et mon père ont beau lui dire le contraire, elle n'y croit pas.

Elle est dans le déni de ma propre vie.

Quelques bâtiments plus loin, c'est le service pédiatrique. Je suis en couveuse, à cause des problèmes respiratoires et cardiaques dus à l'accouchement. Je ne suis pas un « gros bébé ». Je suis énorme. Autour de moi, des petits prématurés. Je détonne au milieu de tous ces bébés fragiles et chétifs. Quand j'y repense, je me dis que d'être là, si différente des autres, c'était la première fois d'une longue série.

Souvent, au cours de ma vie, j'ai eu ce sentiment d'être en décalage total...

Je suis couverte de fils pour vérifier que mon état de santé est stable. On ne peut pas me toucher, mais mon père est là. Il est à mes côtés tout le temps. Cette période explique sans doute le lien très fort que je vais développer avec lui. Il fait des allers et venues entre le service des prématurés et la clinique. Il donne de mes nouvelles à ma mère, qui continue à hocher la tête comme si elle l'écoutait. Elle ne parle pas beaucoup. Elle est sûre que je suis morte et ne veut voir personne.

Il faut attendre quelques jours pour que le déclic se produise enfin. Un de mes oncles vient me voir, puis se rend au chevet de ma mère. Avec sa finesse légendaire, il lui lance : « Dis donc, j'ai vu Emmy, elle est grosse et pleine de tuyaux ! » C'est comme un électrochoc pour ma mère : il ne lui dirait quand même pas ça si j'étais morte ! Sous le choc, elle comprend que je suis en vie. Douze jours, douze longs jours après ma naissance, elle peut se déplacer et on l'emmène enfin dans mon service, en fauteuil roulant.

« Les nouveaux débuts
sont souvent déguisés
en douloureuses fins. »

Lao-Tseu

Elle découvre, parmi les minuscules nourrissons endormis, ce gros bébé qui hurle dans les bras d'une infirmière. Son bébé. On lui explique que personne ne parvient à me calmer. Elle s'approche, tout doucement, et pose sa main sur ma tête. Je m'arrête de pleurer immédiatement. Choquée, elle dit à l'infirmière que ce n'est pas possible, que je ne la connais pas. Cette dernière lui répond qu'elle m'a portée pendant neuf mois. L'émotion et la fatigue sont si fortes qu'elle tombe dans les pommes.

De mon côté, les pleurs ont cessé au moment précis où sa peau a touché la mienne. J'avais juste besoin de ma maman près de moi.

Finalement, c'est ce jour-là que je suis réellement née.

C'est un sujet encore difficile à évoquer pour moi, et j'évite d'en parler avec ma mère, car je sais combien ces souvenirs la font souffrir, elle aussi.

Au fond de moi, je sais qu'avec cet épisode, c'est comme si la vie avait voulu me transmettre un message, dès le début. Un message du genre :

« Mon Emmy, ça ne sera pas toujours facile et il faudra te battre. Mais ça ira, tu verras. »

Quand j'étais bébé, on avait proposé à ma maman que je fasse une pub pour les « bébés Guigoz ». Refus immédiat : trop dangereux pour la visibilité... Même mon ours était de cet avis !

Mes raisons de vivre : ma famille.

Une éducation loin des paillettes

Ce début de vie chaotique a laissé des traces en moi. Jusqu'à mes 3 ans, j'ai été suivie pour vérifier qu'il n'y avait pas de séquelles physiques ou psychologiques. Et puis cette séparation a aussi eu des conséquences sur ma relation avec ma mère.

C'est une femme de caractère, très forte, qui a voulu me donner une éducation extrêmement stricte. J'ai été une petite fille sage et docile, qui faisait ce qu'on lui demandait. C'est sans doute pour cette raison qu'aujourd'hui, je déteste ne pas me sentir libre. J'ai une petite sœur, Céline, née trois ans après moi. Mais j'étais la première fille de ma maman, alors c'est sur moi qu'elle projetait plein de choses. Je l'ai compris plus tard, même si, sur le moment, ce n'était pas facile.

Par exemple, petite, ma mère n'a pas eu le droit de faire du piano. Elle a donc décidé que j'en ferai, mais pas question de prendre le truc à la légère : elle m'a d'abord inscrite au solfège ! Le conservatoire de musique lui avait expliqué que je devais d'abord apprendre le solfège avant de pouvoir jouer. Je n'ai donc pas eu le droit de toucher à un piano avant cinq ans de solfège. Les règles, c'est les règles.

Pendant les cours, on apprenait le chant. Mais pendant les spectacles, j'avais ordre de me taire : « Toi, tu chantes faux, alors tu fais du play-back. » Sympa pour se détendre après l'école, non ?

Mon pilier, ma maman.

Quand j'ai enfin pu découvrir les touches noires et blanches, la joie a été de courte durée. « C'est quoi ces mains ? Tu n'as vraiment pas des doigts de pianiste ! » C'était la phrase préférée de mon professeur.

Chaque remarque me brisait le cœur, mais je m'accrochais. Heureusement que ma tante Martine est intervenue. C'est elle qui a dit à ma mère que j'étais vraiment malheureuse et qu'il fallait que j'arrête d'aller à ces cours. Je ne la remercierai jamais assez…

À la maison, l'ambiance n'était pas toujours rose non plus… Ma mère accordait beaucoup d'importance au ménage et à la propreté. Alors interdiction pour les enfants de poser la main sur la rampe en laiton, dans l'escalier, ou de rentrer dans certaines pièces de la maison pieds nus, pour éviter les traces sur le sol. Idem avec la nourriture : chez beaucoup de parents, la règle est de finir son assiette. Mais chez moi, il n'y avait aucune exception possible. J'avais remarqué que j'avais une intolérance au saumon, qui me rendait malade à chaque fois. Un jour où elle en a ramené sur la table, j'ai essayé de le donner discrètement à Titus, son petit caniche. Pas assez discrètement, j'imagine, puisque ma sœur Céline m'a grillée… Ce jour-là, elle devait être mal lunée et avait décidé de me balancer. J'ai été forcée de le manger, et il a, comme à chaque fois, fini dans les toilettes…

J'en ai souvent voulu à ma mère, mais c'est maintenant derrière moi. On a mis beaucoup de temps à se connaître. C'est bien plus tard que j'ai compris que beaucoup de choses venaient de son enfance à elle, qui avait été difficile.

Pensez-y !

Pas toujours facile d'avoir une relation sympa avec sa mère, surtout à l'adolescence. Si c'est plutôt houleux chez vous, sachez déjà que ce n'est agréable pour personne, mais c'est tout à fait normal... Gardez bien en tête deux ingrédients indispensables : le respect et la communication. Et si ça devient trop difficile, peut-être y a-t-il quelqu'un dans votre entourage (une sœur, une tante, une marraine, une copine) qui fera un super intermédiaire entre vous deux ?

Mon alliée pour la vie, ma sœur !

Ses parents étaient siciliens et ils ont vécu longtemps en Tunisie. À l'indépendance, ils se sont installés en France, et la règle était claire : la seule langue autorisée était le français. Elle ne sait plus parler un mot d'italien. Ma mère n'avait pas le droit de faire de danse, de musique... Je pense qu'elle a voulu me donner tout ce qu'elle n'a pas eu, mais sans forcément se demander si c'était ce dont j'avais besoin, moi...

Mon père travaillait énormément et n'était presque jamais là : ma mère, qui avait aussi un travail très prenant, s'est occupée de tout ce petit monde. Ça n'a pas dû être facile tous les jours et je la plains beaucoup pour ça...

Mon confident, mon papa.

Je vous l'ai dit, mon père a été très présent pour moi dans les premiers jours de ma vie. Cette relation fusionnelle a continué pendant de longues années. Mon père, c'était mon allié et même l'homme de ma vie, l'homme parfait. Ce lien aussi a laissé des traces : j'ai tellement mis mon père sur un piédestal que, très tôt, j'ai su que ça serait compliqué avec les hommes. Quand j'étais petite et qu'on me demandait si j'avais un amoureux, je fondais en larmes. J'avais peur des garçons. Et la suite de ma vie m'a prouvé que je n'étais pas toujours attirée vers les bons...

C'est d'ailleurs suite à une rupture très douloureuse, dont je vous reparlerai, que j'ai décidé d'aller voir une psy. Je passais mes journées à pleurer, je perdais mes cheveux, au niveau de mon poids, c'était les montagnes russes... Je me suis alors décidée à aller parler à quelqu'un.

Dans la famille d'Emmy, je voudrais... la grand-mère !

« Je l'appelais Mémé Gâteau, et c'était une femme exceptionnelle. Je l'adorais, et elle me le rendait bien : j'étais sa petite-fille adorée… On passait toutes nos vacances d'été chez elle, dans la Creuse. La vie s'est chargée de nous rapprocher encore plus : suite à un problème de santé, elle ne pouvait pas continuer à vivre toute l'année seule dans sa maison. Pendant dix ans, de mes 3 ans à mes 13 ans, elle est venue habiter chez nous de novembre à mars, avec ma tante Michèle, une sœur de papa, handicapée. »

Ma mémé me manque énormément, j'espère qu'elle est fière de moi de là-haut. Profitez de vos grands-parents tant qu'ils sont là. La vie est trop courte.

On a beaucoup parlé de mon enfance, bien sûr, et elle m'a ouvert les yeux.

J'ai longtemps cru que j'avais eu une enfance de rêve. On était une famille modèle. On avait une très belle maison dessinée par mon père, la plus belle du quartier, située à dix mètres de l'école. Il m'a fallu des années pour comprendre que les images peuvent être trompeuses.

Il faut se méfier des apparences. Ce qu'on donne à voir n'est pas forcément ce qu'on est, et j'en sais quelque chose...

Pendant longtemps, l'image que j'ai donnée de moi était bien loin de la femme que j'étais vraiment.

Récemment, j'ai parlé à ma communauté d'un de mes plus grands complexes : mes jambes poteaux, dues à une maladie, le lipœdème, que j'ai découverte en février 2018 grâce à la magie des réseaux sociaux. Je reviendrai sur cette révélation qui a changé ma vie. Cette vidéo a été l'occasion de faire une mise au point et d'expliquer combien j'étais en conflit avec ce corps qui, en plus de ne pas me plaire, me fait terriblement souffrir. Mais j'ai d'autres choses à vous dire.

En me regardant, les jeunes filles voient en moi quelqu'un capable en quelques coups de pinceaux d'agrandir les yeux, d'affiner le nez ou de mettre en valeur les lèvres.

Il ne faut pas toujours croire les images.

À certaines périodes, quand la « Emmy » des vidéos se démaquillait, celle qui se regardait dans le miroir pleurait.

Quand rien ne va plus, trouver son « quelqu'un ».

« "Aller voir quelqu'un", comme on dit de façon pudique, c'est une solution qui peut faire des miracles. Ce n'est pas un aveu de faiblesse, c'est au contraire être assez fort pour demander de l'aide quand on en a besoin. N'hésitez pas à en parler à vos parents, si vous vivez encore chez eux, ou à votre médecin : il pourra vous orienter vers des professionnels dont les consultations sont prises en charge par la sécurité sociale. »

Ma première passion, la danse. J'ai commencé la danse à 3 ans et mon premier grand rêve était de devenir danseuse professionnelle.

Pas celle que vous croyez

Petite, je ne suis pas le genre d'enfant souriante et insouciante, entourée de plein de copains et copines. On dit de moi que je suis une jolie petite fille. Mais derrière la « blondinette aux yeux bleus », il y a une enfant très inquiète. J'ai constamment peur pour mes proches.

Ma petite sœur, Céline, naît quand j'ai 3 ans : je me sens tout de suite devenir une petite maman. Je la surveille tout le temps, j'ai peur qu'il lui arrive quelque chose. On habite juste en face de l'école : quand elle est en âge d'y aller toute seule, je me colle derrière la fenêtre et je la regarde fermer le portail de la maison, traverser la route, pousser la porte de l'école. Je faisais pareil quand mon père partait au travail : il fallait que je regarde sa voiture s'éloigner et disparaître de mon champ de vision, comme si sa vie en dépendait. J'avais l'impression que, si je ne me soumettais pas à ce rituel, il allait lui arriver quelque chose. Un jour où mes parents nous ont laissées avec ma sœur chez Mémé Gâteau, ils ont dû revenir après quelques jours seulement : ils me manquaient tellement que j'avais arrêté de m'alimenter.

En maternelle, ma mère avait été convoquée par la directrice qui s'inquiétait pour moi. Je passais mes récréations toute seule, adossée à un arbre. Je pense que j'avais peur de me lier d'amitié, parce que je redoutais que ça se termine, qu'on m'abandonne.

Quelques années plus tard, à l'âge où normalement on s'engueule avec des copines pendant la récré et que c'est réglé deux heures après, pour moi, c'était des maux de ventre à n'en plus finir. J'avais l'impression que je ne m'en remettrai jamais. À une époque, l'abandon était tellement terrifiant pour moi que j'étais prête à tout pour garder mes amis… Quitte à me faire traiter comme un chien. Et quand je dis un chien, ce n'est pas juste une image : avec les deux Anne-Sophie, mes « copines » de primaire, je devais ramasser les balles et les leur rapporter pendant qu'elles jouaient au tennis.

Aujourd'hui, à cette petite fille, j'ai envie de dire : « Réagis ! Ne te laisse pas piétiner ! » Mais à l'époque, j'étais rassurée de me sentir utile, à défaut de me sentir aimée…

J'étais rassurée de me sentir utile, à défaut de me sentir aimée…

Une adolescence complexée

Ma mère n'était pas du tout du genre à se maquiller et à porter des tenues ultra féminines, et encore moins du style à faire de ses filles des petites princesses. Mais avec ma tête de blondinette et mes yeux bleus, j'entendais que j'étais jolie et je n'avais aucun complexe particulier. Et puis j'ai quitté l'enfance pour entrer dans ce monde pas si merveilleux de l'adolescence…

Jusqu'à la 4e, tout allait encore bien. Je me souviens que, pendant la 6e et la 5e, j'étais même considérée comme l'une des plus jolies filles du collège. J'avais pas mal de succès avec les garçons de mon âge, mais je n'avais d'yeux que pour Laury, mon premier petit copain. C'était le plus beau mec de ma section. J'étais complètement folle de lui.

Puis sont arrivées mes premières règles. Mon corps s'est littéralement transformé. Ça a été pour moi le début d'un vrai calvaire et d'une relation très conflictuelle avec mon corps.

J'ai pris 10 kilos en un an. Les moqueries ont commencé : « petite grosse », « bibendum »… J'avais des fringales que je n'arrivais pas à contrôler. Le matin, au réveil, je mangeais comme un ogre : vacherin glacé, gâteau familial Savane… et je buvais des litres de jus d'orange.

Je ne le savais pas encore, mais j'étais malade.

Je sentais que quelque chose clochait dans la façon dont mon corps grossissait. Ce n'était pas du tout harmonieux, comme peuvent l'être les corps de filles rondes. Mes jambes s'épaississaient alors que le haut de mon corps restait fin. Et puis mes jambes me faisaient parfois souffrir, en particulier les jours de courses à pied, en sport. Un jour, pour y échapper, j'ai dit au prof que j'avais oublié mes baskets. Il m'a forcée à courir avec mes talons hauts. Une séance de torture.

La souffrance n'était pas seulement physique, mais aussi psychologique. Aucun vêtement ne m'allait. Il m'était devenu impossible de m'habiller comme les filles de mon âge. J'étais tellement complexée que je m'isolais. Je me sentais parfois trop moche pour sortir ! Je me souviens m'être interdite d'aller à la fête d'une amie. J'étais trop grosse. Je ne pouvais pas me permettre de sortir dans cet état. Mes jambes me répugnaient. Mes copines ne comprenaient pas pourquoi je n'allais pas à la fête, alors j'inventais que j'étais malade. Le fait de ne pas pouvoir m'habiller comme tout le monde me brisait le cœur, comment être jolie quand on se sent difforme ? Je voulais juste être seule, qu'on me laisse. Peur d'entendre encore des « bouteilles d'Orangina », « elle a un beau visage, mais alors quand tu regardes le bas »...

Quand ma mère m'emmenait faire du shopping, c'était l'horreur ! Je sentais les larmes monter dès que j'entrais dans la cabine d'essayage, avec ces fringues dans lesquelles je savais que je ne rentrerai pas. J'essayais de me reprendre : surtout, ne pas inquiéter ma mère, ni lui montrer ma souffrance. Et quand, malgré tout, elle voyait que j'étais triste, elle me glissait, pour me consoler, une de ces phrases dont seules les mamans ont le secret : « Tu as le physique de Shakira ! Je rêverai d'avoir la même taille que toi. »

Traite ton corps comme s'il appartenait à quelqu'un que tu aimes…

« C'est difficile de s'accepter et cela l'est toujours pour moi. Mettez en avant ce que vous préférez chez vous et faites-le exceller. Servez-vous de votre différence pour briller. La différence, c'est la chance de ne pas être comme tout le monde. »

Pour m'aider à résoudre ce problème de jambes qui me gâchait de plus en plus la vie, elle m'a aussi emmenée faire des massages, mais sans résultat… Je me vengeais sur la nourriture, et c'était source de conflits entre nous. Mais à quoi bon mincir, puisque même quand j'y parvenais, mes jambes ne changeaient pas ?

C'est à cette période que j'ai commencé à avoir des crises d'hyperphagie. Concrètement, cela consiste à ingérer de la nourriture en très grande quantité, mais sans se faire vomir après. C'est un trouble alimentaire dont on parle peu, par rapport à l'anorexie et la boulimie. D'ailleurs, à cette époque, je n'avais jamais entendu ce mot. Pas plus que je n'avais entendu parler d'une certaine maladie de la répartition des tissus adipeux… Alors je me répétais que j'étais nulle et difforme. J'ignorais alors que je souffrais d'hyperphagie, et d'un lipœdème…

C'est fou comme on se juge parfois durement… Mais laissez-moi vous raconter comment déjà, à cette époque pas toujours rose, le maquillage a mis de la couleur dans ma vie ! Et m'a menée vers une de mes plus belles rencontres : VOUS.

La naissance d'une passion

C'est drôle comme certains moments, *a priori* anodins, peuvent changer le cours d'une vie. C'est ce qui s'est passé ce soir-là, alors que je suis avec ma petite sœur devant la télé chez mon parrain, un des frères de ma maman. J'ai 12 ans, elle en a 9. Elle s'est assoupie sur le canapé. Lorsqu'elle ouvre les yeux, son regard se pose sur l'écran : on y voit un type avec des yeux rouges. Elle hurle, terrifiée, et saute dans les bras de mon parrain qui essaye de la rassurer. Il lui répète que c'est « pour du faux », mais rien n'y fait. Cette image la hante, et elle n'arrive plus à dormir pendant de longs mois.

Je ne supporte pas de la voir malheureuse, je dois l'aider.

Passionnée par les films d'horreur, de la série *Buffy contre les vampires*, grande fan de Stephen King, mon écrivain préféré, de maquillages gore… il me vient une idée.

Céline et moi, on va tourner un film d'horreur. Elle sera l'actrice principale, et moi, je ferai tout le reste…

Moi, quand j'essayais de ressembler
à Sarah Michelle Gellar
alias *Buffy contre les vampires.*

C'est la passion avec laquelle tu vis ta vie qui détermine l'ampleur de tes réalisations.

« Si vous avez du mal à trouver votre objectif de vie, cherchez votre passion. Ce petit quelque chose qui vous fait vibrer, qui vous rend différente et meilleure. Cette passion vous conduira à l'objectif de votre vie et à trouver votre bonheur. Ne cherchez pas à faire plaisir aux autres, c'est vous qui comptez : VOTRE BONHEUR ! »

Dans la Creuse, où on passe les vacances de la Toussaint, mon projet prend forme. Direction la cuisine, puis le jardin : je mélange du ketchup et de la terre pour créer le sang. Pour imiter les plaies, j'utilise de la pâte à modeler. Il me faut de la couleur : je vais fouiller dans la trousse de maquillage de ma mère. Il n'y a pas grand-chose, elle n'a que du bleu et du rouge, mais c'est exactement ce dont j'ai besoin !

Je mélange les textures, vérifie la couleur, rectifie la consistance… Céline devient mon tableau de peinture.

C'est comme cela que les habitants voient débarquer une môme de 9 ans avec un clou dans la tête. Forcément, ça leur fait un drôle d'effet. Mais nous, on s'éclate. Et moi, j'ai trouvé ma vocation…

À l'école, j'en fais le moins possible et ça suffit pour avoir des notes convenables. Je suis une habituée des bulletins avec la mention : « Se repose trop sur ses acquis » et autres : « Cela pourrait être mieux, tu en as les capacités ! » En arrivant au lycée, mon caractère s'affirme. La petite fille sage et docile que j'étais se retrouve dans un lycée public beaucoup plus dur que le collège privé d'où je venais. Je passe pour « la bourge », « l'ingénue », et je comprends vite que je n'ai pas d'autre choix que de m'endurcir. Je me fais apostropher par tout le monde, on teste mes réactions : ce n'est pas tous les jours facile, mais c'est très formateur. J'apprends à me défendre : désormais, quand on me cherche, on me trouve : #WARRIOR4EVER

J'aime toujours autant la danse, mais l'envie d'être danseuse professionnelle, qui m'avait poursuivie pendant quelques années, a laissé place à un autre rêve : celui d'être maquilleuse professionnelle.

Au CIO, je consulte les fiches d'orientation, pleine d'espoir. Verdict : pour percer dans ce milieu, il faut avoir soit un don, soit un piston. Ce n'est pas très rassurant pour une maman : la mienne est catégorique, c'est non ! Ce qu'elle voudrait pour moi, c'est un travail de bureau. Moi, c'est exactement ce dont je ne veux pas… plutôt mourir !

À cette période, j'ai toujours mes crises d'hyperphagie. Je ne connais pas le nom de ma maladie, mais je m'intéresse de près aux troubles alimentaires. Suite à un reportage sur une clinique qui soigne les patients atteints d'anorexie et de boulimie, je décide de faire un BTS diététique.

J'ai décroché mon bac sans problème, mais le niveau du lycée n'était pas terrible. Très rapidement, en BTS, je décroche. J'essaye de poser des questions, mais les profs me font bien sentir que je leur fais perdre du temps. On me parle chinois. J'occupe mon temps en comptant les jours qui me séparent de mes prochaines retrouvailles avec mon amoureux, qui vit à Strasbourg… Dans le même temps, je réalise qu'il y a très peu de diététiciens qui travaillent dans les cliniques spécialisées dans les troubles alimentaires.

Ce qui aurait pu me plomber le moral finit par me donner le déclic dont j'avais besoin : quitte à devoir travailler très dur pour quelque chose, autant le faire pour ce qui me fait vraiment vibrer.

C'est décidé : je travaillerai dans le maquillage. On se sent parfois prêtes à tout pour réaliser nos rêves.

Vous connaissez
ma phrase fétiche :
"Ne rêve pas ta vie,
vis tes rêves !"

Envers et contre tous !

Le Graal, c'est l'école MakeUpForEver. Mais il faut présenter un book. Je ne m'en sens pas capable, je n'ai pas les moyens financiers ni techniques de le réaliser. Je tombe sur une autre école de maquillage. Il me faudra débourser 6000 euros… Pour ma mère, c'est une folie. Mon père, lui, reste neutre. Je décide de tenter l'aventure.

Je veux faire les choses bien, alors j'adopte un regard lucide. J'ai un train de retard par rapport aux autres filles de mon âge : elles se maquillent tous les matins, connaissent les techniques toutes simples, tandis que moi, je n'ai toujours pas eu le droit d'avoir un rouge à lèvres ou un fond de teint. Et puis l'argent ne tombera pas du ciel. Le CAP esthétique/cosmétique me semble être la solution la plus raisonnable : je vais apprendre les bases et, grâce à l'alternance, je pourrai mettre des sous de côté.

Bonne nouvelle : comme j'ai le bac, je peux faire un CAP en un an.

Dès le jour de la rentrée, je sens que ça va être difficile.

Je me retrouve dans une classe de 10 filles toutes plutôt jolies, très maquillées, elles ont confiance en elles, et visiblement, leur passe-temps préféré, c'est de commenter le physique des autres, si possible méchamment. Je débarque avec mes complexes, mon envie d'apprendre, mon simple trait d'eye-liner, et une étoile dessinée près des yeux, en guide de porte-bonheur.

Je me sens en décalage. Encore.

Chaque semaine, j'ai deux jours de cours et trois jours de travail dans un salon d'esthétique.

Entre-temps, mes parents ont divorcé : je vis chez ma mère et je dépense le moins possible, pour pouvoir mettre de l'argent de côté. En même temps, je me décarcasse pour trouver d'autres moyens de financer mes études : je fais des démarches pour obtenir une bourse et miracle... je l'obtiens ! 1 000 euros sont débloqués, c'est énorme par rapport à mon objectif final.

Un objectif que je finis par atteindre, après mon CAP. C'est enfin le moment de rentrer dans cette école de maquillage pour laquelle j'ai fait tant de sacrifices. Je suis très motivée et hyper impatiente de découvrir comment réaliser des effets spéciaux. Je touche mon rêve, enfin. En tout cas, c'est ce que je crois... Car je déchante très vite.

Les autres élèves n'aiment que le maquillage de mode. Et quand ça ne parle pas rouge-à-lèvres-de-folie, ça parle acteurs et coucheries. Moi, je ne suis pas là pour être la plus jolie fille de la classe, je suis là pour apprendre. Je ne rentre pas dans le moule, ça dérange. Même le couple qui a fondé l'école – le directeur et la prof – me prend en grippe. À partir de là, c'est une succession de petits événements que je vis très mal, parce que j'ai un sens aigu de la justice et que je ne mérite pas le traitement que je subis alors.

Le respect n'est pas une faiblesse, mais la preuve d'une bonne éducation.

« Ne laissez jamais personne vous manquer de respect ou avoir des propos qui vous dérangent, quels que soient son âge, ses origines, sa profession… C'est ma règle d'or ! Je te respecte si tu me respectes. Personne ne vaut mieux que vous et personne n'a le droit de vous malmener. »

Il y a un exemple qui m'a marqué : c'était une simple histoire de pinceaux. C'est très important, en maquillage, d'avoir des pinceaux propres. Et puis avec une mère maniaque, autant vous dire que je ne rigole pas là-dessus... Alors quand une élève se sert de mon matériel, ne respecte pas les règles élémentaires d'hygiène et que la prof m'accuse d'être dégueulasse, c'est un coup dur.

Je me sens humiliée par ces fausses accusations et ces regards moqueurs injustifiés.

À partir de ce moment, c'est de pire en pire. Je me donne beaucoup de mal pour bien faire, mais la prof prétend que tout mon travail est nul. Elle ne m'envoie pas en stage. J'entends des ricanements dans mon dos entre les élèves, et même avec la prof. J'apprends en même temps que cette école censée exister depuis quelques années vient juste d'être créée et qu'elle a déjà un procès sur le dos pour avoir utilisé un produit extrêmement dangereux sur les yeux d'une élève.

L'année touche à sa fin, et moi, je touche le fond.

Et comme c'est souvent le cas dans ma vie, c'est de tout ce négatif que va naître le positif.

Car sans ces mois de remise en question professionnelle et personnelle, je n'aurais sans doute jamais croisé la route de celui qui a changé ma vie.

Vous ne voyez pas de qui je parle ?

Indice 1 : vous le connaissez tous.
Indice 2 : c'est même lui qui nous a présentées, vous et moi…

Réponse : YouTube

Réaliser mon rêve de faire une école de maquillage : fait.
Obtenir 6 000 euros pour y entrer : fait.
Tout faire pour dépasser mes complexes : fait.

Résultat : zéro pointé. Échec cuisant.

Je suis au point mort. Le regard que me portent la prof et les élèves empire l'image que j'ai de moi. Je me sens jugée sur tout. Mon physique, mon poids, mon milieu, ma personnalité, mes valeurs, ma technique.
C'est un cercle vicieux : je n'arrive pas à être créative. Je suis bridée, coincée, incapable d'oser, de peur d'avoir des remarques.

Mais je m'accroche et je prends mon courage à deux mains pour demander à ma prof où elle trouve son inspiration. Sa réponse : « Je vais sur YouTube. »

YouTube. Qu'est-ce que c'est que ce truc ? Ah oui, c'est ce site qui vient de sortir, avec des vidéos. J'en ai vaguement entendu parler, j'y suis allée deux ou trois fois.

Dans le métro, en sortant, je m'empresse de sortir mon téléphone et, grâce à la 4G, je me connecte pendant que les stations défilent.

Non, c'est faux ! C'était juste pour voir si vous suiviez.

Je vous rappelle qu'on est en 2008. Je viens d'avoir un téléphone, mais la seule chose qu'il fait, c'est d'appeler. C'est déjà pas mal. Pour aller sur ce « YouTube », je dois attendre d'être rentrée à la maison et espérer que ma sœur ne soit pas devant l'ordinateur. C'est bon, la voie est libre, je tape « YOUTUBE », puis dans le moteur de recherche « MAQUILLAGE BOUCHE ROUGE ».
Rien.
Je tente « MAQUILLAGE CHARBONNEUX ».
Rien.

Le lendemain, à l'école, je questionne de nouveau ma prof :

« Je n'ai pas trouvé de maquillages sur YouTube. »
Elle ricane : « Mais Emmy, cela n'existe pas en France, c'est aux États-Unis qu'ils font ça ! Tape make-up. »

Je ne parle pas assez bien anglais pour comprendre, alors qu'est-ce que ça pourra bien m'apporter… Mais en rentrant chez moi, devant mon ordinateur, je me décide malgré tout à taper « Make-up ».

Et là, un univers s'ouvre à moi.
Enfin, ne nous enflammons pas. Un univers de quelques vidéos.

La première vient d'une certaine Michelle Phan. C'est un tuto pour ressembler à Sailor Moon. C'est marrant, j'ai toujours adoré Sailor Moon. Alors je lance la vidéo.

C'est un véritable choc.

Michelle Phan

Tout ce que j'aime est réuni. C'est fait comme un film, il y a le côté « images » que j'adore. Et la technique de maquillage est complètement dingue : au début, elle ne ressemble pas du tout à Sailor Moon. Elle allonge son nez, affine son visage (petit rappel : on est seulement en 2008, il n'y a encore personne à imiter ou recopier !). Résultat : à la fin, c'est bluffant. La transformation n'est pas réussie, elle est parfaite. Et puis Michelle Phan incarne son personnage, elle joue avec cette nouvelle identité, il y a aussi cet aspect comédie que j'aime tant.

Je reste plusieurs minutes scotchée devant l'écran de l'énorme ordinateur familial.

Alors, je décide de… fermer cet ordinateur et de travailler mes cours.

Désolée si vous pensiez que c'était le moment où tout commence. J'ai une confiance en moi proche de zéro et je suis tellement impressionnée par ce que je viens de voir que la possibilité de faire pareil ne m'effleure même pas !

Et puis j'ai seulement une heure d'Internet par mois, que j'utilise pour écrire des mails à mon petit copain et discuter sur MSN avec mes copines. Je poursuis mon année. Je fais tout pour avoir un compliment, ou même un mot encourageant de ma prof. En vain. À la fin de l'année, le bilan est lourd. J'ai fait quatre jours d'effets spéciaux sur l'année. Je n'ai pas eu de stage et, comble du comble, le diplôme de la meilleure élève est décerné à une nana que je déteste. J'ai l'impression de n'avoir rien appris.

Je suis épuisée de toute cette énergie déployée pour rien.
Plus le temps passe, plus je raye des rêves.
Je ne serai pas danseuse. Pas diététicienne. Pas maquilleuse.

Qu'est-ce que je vais faire de ma vie ?

Emmy
MakeUpPro

LA révélation !

Moi, psychologue, pourquoi pas ? J'aime m'occuper des autres, les observer, les écouter. Je m'inscris en fac de psychologie à Nanterre. Parallèlement à mes cours, j'enchaîne les petits boulots pour gagner un peu de sous. Je vis encore chez ma mère, mais elle me fait payer un loyer tous les mois.

J'ai souvent repensé à Michelle Phan et à sa vidéo de Sailor Moon, comme on repense à un film ou à un livre qui nous a marqués. Un jour, je retourne sur YouTube. Tiens, il y a une Française, AyumiRubis, qui propose des tutos coiffure. Sa présence produit comme un petit déclic dans ma tête. Elle n'a pas les moyens de Michelle Phan pour faire ses vidéos, ses tutos sont simples, efficaces et super sympas à regarder. Je peux plus facilement m'identifier à elle qu'à une géante comme Michelle.

Alors l'idée germe dans ma tête : pourquoi je ne ferai pas pareil en make-up ?

Et si ça pouvait éviter à d'autres de se faire avoir comme moi par une école pourrie ? Si ça pouvait permettre à celles qui veulent apprendre le maquillage de progresser rapidement ?

L'avenir se cache parfois dans l'inconnu.

J'adore l'idée du partage des savoirs, alors je me lance. Première question : de quoi je pourrais bien parler ? Je suis fan de couleurs et je voudrais réaliser quelque chose d'assez technique… Couleur, technique…

Je tourne les mots dans ma tête quelques instants et l'idée de mon premier tuto est née : ce sera un maquillage arc-en-ciel avec des dégradés.

1. Bon, mon appareil photo filme, ça fera l'affaire. Euh, où est-ce que je pourrais bien le poser ? Je fais une pile de six livres et d'un dictionnaire sur mon bureau, je pose mon appareil photo, j'appuie sur « REC », et c'est parti !

Je suis en impro totale. Je me sens plutôt à l'aise, même si ce n'est pas évident de trouver le bon ton. Je suis la première, il n'y a personne à imiter ou à copier, et même personne dont je peux m'inspirer. Aucun montage n'est envisageable, il faut être concise et éviter de trop bafouiller. Je ne connais pas encore les logiciels de montage : final cut, imovie… C'est le début d'un nouveau monde : INTERNET !

Je me repasse la vidéo. C'est assez étrange comme sensation, mais le plus bizarre, c'est que je zozotte. Sans doute un problème de son avec mon appareil photo, mais peu importe, je publie.

Un bip que je ne connais pas.
Tiens, c'est un commentaire.
Oh, un deuxième...
Et encore un autre !

Et en plus, ils sont sympas. Je réponds à chacun, en utilisant le vouvoiement à chaque fois. Je ne vais quand même pas tutoyer des gens que je ne connais pas, ce serait trop familier ! Aujourd'hui, ça paraîtrait étrange, mais à l'époque, il n'y a pas de « normalité » en la matière, et surtout, je joue à la prof, je cherche à donner des conseils, pas à créer un échange intime et complice.

Cette vidéo est la toute première, et à mes yeux, elle a une grande valeur symbolique. Je pense qu'elle est pourrie, aussi bien au niveau de la qualité technique que du contenu, mais j'aurais adoré la retrouver. Elle a malheureusement disparu d'Internet, mais elle est gravée pour toujours dans un endroit de ma tête... En grande perfectionniste que je suis, j'ai décidé de la supprimer quelques mois après sa publication tellement j'avais honte de mon maquillage...

2. Entre la fac et les petits boulots, j'ai du mal à trouver le temps de faire beaucoup de vidéos. Je finis par en tourner une deuxième sur le maquillage charbonneux. Pour le coup, je maîtrise le smocky-eyes et je suis super heureuse de pouvoir donner mes conseils. Sur les courts métrages pour lesquels je fais quelques maquillages (gratuitement, la plupart du temps), les comédiens accordent peu d'importance à cette étape. Alors que, sur YouTube, les filles cherchent des conseils, et je me sens utile : c'est cet aspect que j'adore. Vidéo supprimée aussi quelques mois après, je suis trop dure avec moi parfois…

3. Puis vient la troisième vidéo : un test du Double-cils de Mavala®. C'est un soin nutritif pour allonger et fortifier les cils et, coup de bol, c'est un très bon produit. Cette vidéo a survécu !

Je compte sur toi pour venir immédiatement me mettre un petit commentaire et me dire ce que tu penses de mon sublime « accent », le zozotement que je n'ai jamais compris. Lol !

Je ne me mets pas de pression sur le rythme de publication. Je m'y colle quand j'ai le temps. Personne dans mon entourage n'est vraiment au courant de cette activité. Être sur YouTube, à ce moment-là, c'est un truc assez honteux, bien loin de ce qui fait rêver les jeunes filles d'aujourd'hui…

Souvenir de mon shooting photos en tant
qu'ambassadrice de la collection Remix des bijoux Swarovski®.

Le début de la reconnaissance

YouTube, c'est seulement une petite récréation, de temps en temps. À la fac, les grèves bloquent tout, je ne peux plus aller en cours et je finis par arrêter.

Mon quotidien, ce sont les petits boulots, que je multiplie pour me faire des sous. Je distribue des prospectus, je conduis des voitures publicitaires dans Paris... Je cherche des petites missions liées au maquillage. J'ai des propositions pour le cinéma et la télé, avec un léger détail glissé en fin de discussion : pas de budget, ça ne sera pas payé. Et puis il faut financer les produits de maquillage... J'accepte de temps en temps, pour me faire la main et mettre un pied dans le milieu.

Enfin, je décroche un premier job rémunéré dans le make-up : grâce à Claude, un photographe génial rencontré à l'école de maquillage (c'est peut-être la seule chose pour laquelle je la remercie !), je commence à travailler pour la Fédération Photographique de France. Je maquille les modèles qui sont shootés pour la formation des photographes.

Quelques mois plus tard, un autre plan sympa tombe : par le biais d'une agence, je suis envoyée dans les centres commerciaux pour être maquilleuse et vendeuse. Le matin, je monte mon stand Gemey Maybelline® et, toute la journée, je conseille les femmes qui cherchent leur bonheur dans le rayon.

J'aime travailler sur le regard, et ce que je vends le plus, ce sont les mascaras. Je leur pose une question simple pour trouver le bon : est-ce que vous voulez un regard glamour ou sophistiqué ?

Quand j'entame la discussion avec une cliente, pas question de lui donner deux conseils à la va-vite juste pour lui faire remplir son panier. C'est un vrai cours de relooking que je propose. Je veux que mes clientes se sentent plus jolies et qu'elles aient plus confiance en elles en repartant. Et mettre du cœur dans ce que l'on fait, ça marche...

Elles me demandent dans quel centre commercial je suis la semaine prochaine, pour revenir avec leur fille, leur sœur... L'une d'elles revient quelques jours après avec un bouquet de fleurs, et ces mots, que je n'oublierai jamais :

« Grâce à vous, je me sens enfin belle. »

Je deviens la meilleure vendeuse de la marque. En plus de la reconnaissance précieuse qui me manquait, je gagne le droit de travailler pour un défilé, avec un des maquilleurs de la marque, Olivier Tissot ! Je n'en crois pas mes oreilles.

Le premier réflexe que j'ai en apprenant cette super nouvelle en dit long sur ma façon de fonctionner, qui m'a souvent porté préjudice : une amie de l'école, qu'on appellera Germaine, galère pour trouver du travail. Je fais des pieds et des mains auprès de l'agence pour la faire entrer dans l'aventure. L'agence refuse, j'insiste : j'ai gain de cause, et Germaine me rejoint sur le défilé, sans avoir à passer par la case centres commerciaux. Je ne sais pas encore que Germaine a de drôles de façons de remercier...

Et pour vous, regard glamour ou sophistiqué ?

Pour un regard glamour, utilisez un mascara volumateur afin d'apporter de l'épaisseur au cil.

Pour un regard sophistiqué, préférez un mascara qui allonge les cils, en les séparant bien.

L'astuce cerne : mettez deux petites cuillères en métal au frigo. Le matin, posez-les quelques secondes sous vos yeux. C'est une astuce magique, qui ne coûte rien et efface les marques de fatigue en un clin d'œil !

D'ailleurs, on dit : un ou une cerne ? Si tu veux la réponse, regarde ma vidéo intitulée « Camoufler ses cernes ». Attention au choc, tu retournes en 2010. Instagram n'était même pas encore né.

C'est le grand jour du salon des seniors sur lequel je vais bosser. Je suis super excitée et aussi extrêmement impressionnée par Olivier, qui fait tout pour me mettre à l'aise même s'il est très rigoureux. Je travaille du mieux que je peux, et il m'encourage régulièrement en me disant que je fais du bon boulot. J'enregistre chacun de ses mots. C'est une reconnaissance immense, après beaucoup de remises en question.

Je découvre un univers que je ne connaissais pas. Tout le monde se tutoie, je reste bloquée sur le vouvoiement. Je suis en décalage, mais fascinée par ce que je découvre. C'est l'effervescence. Le journal de 13 h de TF1 vient me filmer pendant que je maquille. Je crois que c'est d'ailleurs ma première apparition télé. Quand arrive la pause déjeuner, je bombarde Olivier de questions : je veux m'améliorer, être irréprochable, tout apprendre.

À la fin de la journée, je suis épuisée, mais heureuse. Germaine me dit qu'elle a laissé son numéro à Olivier. Je suis contente pour elle. J'admire son audace, moi, je n'ai pas osé. Je n'ai pas confiance en moi, et le fait qu'il ait accepté d'échanger avec moi, c'est déjà un cadeau !

Vue dans la presse !

Le 27 septembre 2010, j'ai ma première parution dans la presse ! C'est le magazine *Gala* qui consacre un article au défilé Gemey® sur lequel j'ai travaillé. Page 56, en bas à gauche, on me voit en train de maquiller Yéléna Noah !

« Impose ta chance, serre ton bonheur et va vers ton risque. »

René Char

Les semaines passent, et je reçois un appel. Olivier a beaucoup apprécié mon travail, il a fait des pieds et des mains pour me retrouver et il voudrait que je l'assiste en shooting photo. Je me retiens d'exploser de joie au téléphone. Je suis sous le choc. Les larmes me montent. Moi, moi la nulle en maquillage d'après ma prof ? Assister Olivier Tissot ? Il me demande que notre collaboration reste confidentielle, car on ne passera pas par l'agence par laquelle on s'est rencontrés. Je partage ma joie avec Germaine, mais elle n'est pas très enthousiaste. Je la sens distante, froide. Je n'ai absolument pas un tempérament jaloux, et cela ne me vient même pas à l'esprit qu'il puisse y en avoir entre nous. Et je suis surtout concentrée sur mon objectif : malgré ma peur de ne pas être à la hauteur, il faudra tout déchirer le jour du shooting, pour qu'Olivier ne soit pas déçu. Tout se passe super bien, et Olivier est ravi de ma prestation.

Petite histoire rigolote

« En 2015, je suis invitée par la marque Rimmel® à Londres pour rencontrer Georgia May Jagger, égérie de la marque. Avant que j'arrive, on annonce au maquilleur qu'il va devoir maquiller une youtubeuse très suivie. Mot d'ordre : la chouchouter. Devinez de qui il s'agissait ? Le fou rire et la joie quand on s'est retrouvés ! Me faire maquiller par mon mentor. Je n'étais pas prête... Même dans un de mes rêves les plus fous, je n'aurais jamais pensé qu'un jour Olivier aurait à me maquiller... La folie, ma vie ! »

Encouragée par sa reconnaissance, je prends confiance en moi, ou du moins en mes qualités de maquilleuse. Alors quand je tombe sur un concours MakeUpForEver pour devenir maquilleuse officielle de la prochaine comédie musicale de Kamel Ouali, je décide de me présenter. Il n'y aura que 10 candidatures retenues pour une gagnante. Le concours est ouvert à la France et à l'international. Il ne faut pas rêver, mais pourquoi ne pas tenter ? J'appelle immédiatement Germaine pour lui en parler et pour la motiver à participer également.

Elle ne semble pas enthousiaste, mais me pose pas mal de questions que je trouve étranges. Les jours passent, je trouve un ami mannequin pour le maquiller, puis j'appelle Claude. Vous vous souvenez de Claude ? C'est mon photographe chouchou de l'école. Il m'apprend alors qu'il est déjà pris : Germaine l'a contacté, elle participe aussi. Je tombe de haut. On se parle régulièrement, pourquoi elle ne m'a rien dit ? Je n'aime pas ce genre d'attitude, j'aime les relations simples et transparentes. Je lui ai parlé du concours, je l'ai motivée alors pourquoi faire les choses dans mon dos ? La joie de ce milieu... Pas de place pour les filles honnêtes et droites.

Malgré ma déception amicale, la bonne nouvelle tombe : je suis dans les 10 finalistes !

La mauvaise, c'est qu'avec Germaine, c'est plus que tendu. J'apprends qu'elle a révélé à l'agence dans laquelle je l'avais faite entrer que je travaillais avec Olivier en privé. La collaboration s'achève, et je perds mon boulot dans les centres commerciaux et les extras en défilé. Cette aventure aurait dû me servir de leçon !

C'est un coup dur. J'ai la sensation d'avoir toujours eu un chat noir à mes côtés. Germaine était le premier. Heureusement, au même moment, j'avais aussi des bonnes fées.

Olivier Tissot, l'un des premiers à m'avoir fait confiance. L'un des premiers aussi grâce à qui j'ai enfin reçu cette reconnaissance dont j'avais tant besoin pour croire en moi...

Et puis vous tous, petite communauté de warriors qui, chaque jour, devenait de plus en plus grande...

« Il y a maintenant plus de dix ans, je crois, que j'ai rencontré la petite Emmy qui débutait sa carrière de maquilleuse et qui, pour la première fois, venait m'assister lors du défilé des seniors dont j'avais la charge. C'était une charmante jeune fille pleine d'étoiles dans les yeux et une toute jeune maquilleuse avec la soif d'apprendre et de partager. J'étais dans le stress d'un défilé, donc je n'avais pas vraiment le temps de m'occuper d'elle et de lui donner des consignes précises. Pourtant, c'est avec une bonne volonté que je lui reconnais désormais qu'elle a rempli sa mission et j'ai donc ensuite eu la joie de lui proposer d'autres missions en tant qu'assistante sur d'autres événements ! Je suis fier aujourd'hui de son parcours et d'avoir pu lui mettre le pied à l'étrier dans ce monde assez implacable qu'est l'univers de la mode et de la beauté ! Bravo Emmy, ton parcours est atypique, original ! Il te ressemble bien ! C'est tout toi. »

Oliver Tissot

Une petite communauté qui s'agrandit

Quel bonheur, grâce à YouTube, d'avoir cet espace d'expression ! C'est génial de pouvoir parler de ce qui me plaît, même si, au début, je m'adresse à peu de gens. Je n'ai jamais été intéressée par les chiffres. Déjà à ce moment-là, alors que les abonnés ne sont pas très nombreux, ma communauté est précieuse. Car c'est elle qui me donne de la force, du courage, de la confiance.

Je lance une série de vidéos sur les maquillages relooking : je montre comment se maquiller suivant la forme de son visage. Ça me plaît, on est déjà un peu dans la transformation. Et puis les retours sont super positifs.

Tiens, j'approche des 500 abonnés... C'est énorme, vu le nombre de personnes qui sont alors sur YouTube ! Ça se fête, non ? Il faut que je marque le coup, et je sais comment. C'est le moment idéal pour leur parler de ma passion pour les effets spéciaux.

Le 24 janvier 2010 je publie une vidéo « Front scalpé ». Les vues augmentent très rapidement. Et surtout, j'ai des retours très positifs : pour une autodidacte comme moi, qui a toujours mis du cœur dans ce qu'elle faisait, c'est un cadeau précieux...

C'est décidé, je ferai ça tous les 100 abonnés : le 10 février, la deuxième vidéo sort, et ça continue à cartonner. C'est une vidéo faite avec ma jumelle, ma sœur de cœur, mon Ornella d'amour qui n'est autre que ma petite cousine chérie. Je fais une fausse brûlure sur le visage d'Orni. Je vais vous avouer quelque chose, la vidéo que vous voyez n'est pas mon premier essai. On en avait tourné une, mais on aurait dit qu'Ornella avait une part de pizza sur la tête… Lol ! Eh oui, en grande perfectionniste que je suis, je ne laisse rien passer. Je suis en totale impro à chaque création, car comme vous l'avez compris, j'apprends seule grâce à mon imagination et à mes déductions.

C'est la réaction des internautes, c'est vous, mes warriors, qui me poussez à réfléchir au concept qui va faire décoller ma chaîne :

LA SEMAINE DE L'HORREUR !

Pendant la semaine qui précède Halloween, je fais une vidéo par jour avec un effet spécial. Je suis la seule à faire ce type de contenus. En plus, je fais très attention à les rendre accessibles, en utilisant un matériel simple : le succès est immédiat, alors tout s'enchaîne.

Faire des vidéos, c'est bien plus qu'un plaisir :
je prends confiance en moi, je me sens aimée, attendue,
utile, épanouie. J'ai trouvé ce qui me rend heureuse.

Le 27 avril 2010, je lance ma page Facebook. Je reçois de plus en plus de commentaires, de messages privés. Parallèlement, je suis danseuse figurante dans le jeu *N'oubliez pas les paroles* de Nagui, sur France 2. Moi qui rêvais de télé, j'y suis ! J'adore les tournages, à La Plaine Saint Denis, et j'aime bien aussi voir le résultat, devant mon écran. Je trouve que je passe bien, ça booste ma confiance en moi. Je suis même dans le générique de l'émission. Les gens commencent à faire le lien. Je reçois des messages : « Oh, je t'ai vue à la télé ! »

Et puis beaucoup d'autres : « À quand la prochaine vidéo ? »

On m'attend. On attend mes vidéos. Je donne des conseils, mais je reçois énormément en retour. Tout ça me donne une force que je ne soupçonnais pas.

Je suis également la maquilleuse officielle de Christophe Beaugrand pour l'émission *En mode gossip* sur NT1. Je touche mon rêve du bout des doigts.

Faire des vidéos, c'est bien plus qu'un plaisir : je prends confiance en moi, je me sens aimée, attendue, utile, épanouie. Les premiers témoignages incroyables commencent à tomber.

« Ma fille a perdu son père il y a quelques semaines et j'ai eu très peur pour son équilibre. Elle a découvert tes vidéos et a commencé à essayer de reproduire tes techniques pour se faire belle. C'est grâce à toi qu'elle a appris à s'aimer et tu l'aides à faire son deuil. Merci de lui avoir apporté de la légèreté, et bien plus que ça : devenir féminine. »

Je suis choquée, émue.

Il y a aussi Hera Pueblo, une warrior fidèle, atteinte d'un cancer, qui m'écrit ces mots : « Je suis à l'hôpital, tu es mon soleil. Tous les jours, j'attends tes vidéos et je me maquille. Je n'ai plus de cheveux, mais tu m'aides à me sentir jolie malgré tout. Tu me prouves depuis le début que je te regarde que l'impossible est possible et que les rêves peuvent se réaliser. Merci Emmy ! »

Tous ces témoignages me prouvent que le maquillage, ce n'est pas que superficiel...

Avec une de mes warriors
les plus fidèles, ma Nolwenn d'amour.

« Il y a huit ans, je suis tombée par hasard sur une vidéo YouTube d'Emmy. J'ai commenté et nous avons commencé à échanger. Je lui ai raconté mon parcours personnel, mes opérations, mes problèmes de santé, la rééducation. Elle a tout suivi, elle m'a toujours encouragée et dit de continuer à me battre même quand je n'y croyais plus. Nous nous sommes rencontrées pour la première fois le 16 août 2016. Nous nous sommes revues seulement en mars 2019, et depuis, nous nous voyons régulièrement pour faire des séances photo. Je ne la remercierai jamais assez pour m'avoir toujours autant soutenue dans les moments difficiles. »

Nolwenn

La naissance des partenariats

En 2011, j'ai 13 000 abonnés. Je suis à 4 millions de vues sur ma chaîne. C'est ce que je fais aujourd'hui en quelques semaines… J'essaye d'améliorer mes vidéos : je me mets au montage. Mon ex me coache et c'est un addict de Photoshop, moi je suis team #paint. On débat, il finit par me convaincre, et je reconnais que j'ai bien fait de l'écouter ! Il est sympa, il est là pour moi, mais il ne croit pas vraiment à ce que je fais. Je passe auprès de lui et de tous mes proches pour une nana un peu lunaire qui va dans le mur.

Suite à l'embrouille avec Germaine, je ne bosse plus dans les supermarchés, mais j'ai trouvé un job mieux payé : je travaille en intérim dans des parfumeries, pour des grandes marques de cosmétiques. Je suis supposée travailler pour la marque du stand auquel je suis affectée. Le problème, c'est que j'aime bien trop mon boulot, les gens et le make-up pour arnaquer les clientes en leur refourguant n'importe quoi. Je veux leur donner les meilleurs conseils possibles, alors je n'hésite pas à aller chercher des produits dans d'autres marques. Résultat : je fais de super gros paniers, mais on me regarde un peu de travers…

J'ai hâte de rentrer chez moi le soir pour faire des vidéos. Je prends beaucoup de plaisir à être devant la caméra. Je me sens à l'aise. Je rêve d'avoir plus de moyens pour les améliorer. Par exemple, avoir une équipe, comme Michelle Phan. En fait, j'ai besoin de « professionnaliser » ma chaîne, et ça tombe bien : 2012 est un tournant.

La première fois qu'on me reconnaît

Je suis dans le 95 avec ma mère, dans un magasin de pièces détachées de voiture. Une fille se cache entre les rayons pour me regarder avec insistance. Je dois avoir un épi, un truc coincé dans les dents, ou la braguette ouverte. Mais non, rien. Et son regard est de plus en plus perturbant. Je suis interloquée et je demande à ma mère si je suis folle ou si la fille est bizarre. À la caisse, l'employé me dit : « Alors, il paraît que vous êtes connue ? C'est la vendeuse qui me l'a dit, elle n'ose pas aller vous voir. » Je suis sciée. Ma mère aussi. Je vais la voir pour lui dire bonjour :

– Bonjour Emmy… Je… J'ai… enfin je suis… hyper impressionnée.
– Moi aussi, je suis gênée. Je t'avoue que j'ai cru que j'avais un problème…
– On peut faire une photo ? *

* C'est la toute première, et dessus, j'ai sans doute l'air plus intimidé qu'elle…

En 2012, je poste une vidéo sur des tatouages éphémères que je viens d'acheter. Quelques jours après, la marque en question me contacte : « Grâce à votre vidéo, on a explosé nos ventes ! Pour vous remercier, on aimerait vous en offrir d'autres. »

Je suis super heureuse, c'est un peu Noël avant l'heure ! Ça me fait sourire quand j'y repense, par rapport à la quantité astronomique de colis que je reçois maintenant chaque jour... Mais avec ce retour, je réalise combien, grâce à notre visibilité, on peut participer au développement d'une marque. Tant mieux pour ces marques, quand elles méritent d'être connues, mais dans l'affaire, on ne peut pas payer notre loyer en tatouages ou en rouges à lèvres...

Alors lorsqu'une autre marque, Cookie's MakeUp®, me contacte pour que je fasse connaître ses produits, j'explique à Jennifer, la directrice et créatrice de la marque, que ce travail doit être « rémunéré ». Je lui énumère tout ce que je vais devoir faire pour produire pour elle une vidéo :

- tester les produits en amont pour vérifier la qualité ;
- étudier la marque pour savoir quels sont ses objectifs, la composition de ses produits... ;
- préparer le plan d'action pour le tournage ;
- filmer dans leurs locaux avec tout le matériel ;
- monter la vidéo ;
- la référencer...

Et surtout, je lui explique comment ma vidéo va l'aider à se développer.

Comme vous l'aurez compris, créer une vidéo n'est pas si simple, mais on y reviendra.

Bingo, on convient d'un défraiement de 100 euros, il me semble, et je me rends à la boutique. Je filme avec un trépied, je fais le montage, je référencie la vidéo. Le lendemain de l'upload sur ma chaîne, j'ai un coup de fil de Jennifer : « Emmy, on a plein de monde depuis ce matin, c'est un truc de fou ! On va devoir ouvrir un site tellement on est submergé de mail. Merci pour tout. » Ils ont tellement de demandes de filles qui ne vivent pas à Paris qu'ils ouvrent leur site Internet en deux mois !

Tellement contente d'avoir aidé cette belle marque à se lancer.

« Choisissez un travail que vous aimez et vous n'aurez pas à travailler un seul jour de votre vie. »

Confucius

Monétisation : système permettant de valoriser l'audience des vidéos vues sur Youtube sous forme de revenus en dehors de toute relation commerciale entre celui qui visionne la vidéo et celui qui la produit.

La monétisation : un tournant sur YouTube !

Un jour, Ayumirubis, la première youtubeuse coiffure que j'avais découverte et que je connais maintenant dans la « vraie vie », m'envoie un message, toute excitée : « Emmy, je suis trop contente, j'ai gagné de l'argent grâce à mes vues sur YouTube ! » C'est elle qui me parle en premier de ce phénomène nouveau : la monétisation des vidéos. Elle a toujours été là pour me donner des astuces, me conseiller. C'était encore une époque de bonne ambiance, où les plus anciennes aimaient conseiller les plus jeunes, et c'est ce que j'ai toujours fait avec celles qui sont arrivées après.

Ce qu'Ayumi a gagné, ça représente environ 80 euros pour un mois, mais je suis hyper contente pour elle. Sa première réaction, ça a été de dire : « Je vais pouvoir gâter mes abonnés ! » Car à l'époque, on ne recevait pas de produits des marques, et les jeux concours étaient donc à notre charge !

Quelques jours après cette conversation, je reçois moi aussi le courrier de Google avec mon code d'identification. Il m'informe que je suis éligible à leur programme de rémunération. J'ai envie de l'encadrer tellement je suis fière. Bon, certes, je ne fais pas assez de vues pour toucher de l'argent, mais c'est un détail, non ? Je suis aux anges ! Il faut atteindre 80 euros il me semble pour que l'argent soit versé sur notre compte bancaire. J'ai mis quelques mois, puis j'ai enfin eu mon premier versement.

Quelque temps après cette nouveauté, je reçois ma première proposition de network.

On me dit : « Tu es la numéro 1 en France, et on veut faire de toi la Michelle Phan de l'Hexagone. » Clairement, ils savent me parler ! Le deal, c'est d'aider à me développer, de sécuriser ma chaîne et d'obtenir des sponsorings de marques. En échange, ils prennent entre 70 et 90 % de mes revenus YouTube.

Ça, c'est pour le côté positif. Mais comme souvent quand l'argent s'invite quelque part, il y a aussi le revers de la médaille. Nous, les anciennes, on le sent très vite : l'ambiance est en train de changer. Le vent tourne, et certaines font la course à l'abonné. Il y a plein de nanas qui arrivent, et on sent que ce n'est pas toujours par passion… Il y a de plus en plus de monde, alors proportionnellement, c'est logique : il y a aussi plus de gens malintentionnés.

Les plus anciennes s'en vont. Ça commence à plagier dans tous les sens : on se retrouve avec des copies conformes de nos vidéos, sans être citées, bien sûr… En regardant les vidéos d'autres filles à qui on n'a rien demandé, on se rend compte que des petites piques nous sont clairement adressées.

C'est quoi un network ?

C'est une plateforme Web créée par une société pour regrouper des chaînes YouTube dans leur banque de données, pour les aider à se développer, puis vendre des partenariats à des marques. Selon le nombre de vues que souhaite obtenir la marque, le network répartit le partenariat aux différentes chaînes inscrites chez lui. C'est alors le network qui perçoit la rémunération et la reverse à l'influenceur, en prenant une commission.

Mon premier network ne m'a jamais aidée et m'a pris tout mon argent. Le début des arnaques…

Sur les forums, les remarques haineuses se multiplient. C'est bas, infondé et méchant. Je suis en première ligne parce que je suis une ancienne, et je suis très suivie. Je ne vais pas vous mentir, j'en prends plein la tronche. On me surnomme « EmMycose vaginale »...

On me dit que j'ai une « gueule de présentatrice télé ». Ça tombe bien, c'est ce que je rêve de devenir ! Par l'humour, j'essaye de prendre du recul.

Je commence aussi à avoir des commentaires très négatifs sous mes publications. Pour leur répondre, je commence les vidéos RTL, RaconteTaLife. C'est aussi un moyen de dire aux gens de faire attention à eux et de se protéger. Une façon de prévenir les plus jeunes que YouTube est loin d'être le temple de la bienveillance.

J'arrive à passer au-dessus de plein de trucs. Mais il y a deux choses qui me blessent : quand on s'attaque à ma famille et quand on remet en cause mon travail. J'en ai bavé, je fais de mon mieux, je fais ces vidéos pour être utile aux autres, je ne touche presque rien pour ça, alors je trouve très injuste qu'on me balance des remarques de ce genre.

Et puis, parfois, ça va beaucoup plus loin. Beaucoup trop loin. Un jour, un homme m'écrit et me prévient que ce qu'il a à me dire est bizarre. Je crains le pire, mais je suis encore loin de la vérité : il vient de voir sur YouPorn un montage vidéo avec mon visage. C'est hyper violent parce que ça va à l'encontre de mes valeurs, de mon éducation.

J'essaye de me raccrocher aux bons côtés, je bosse de plus en plus pour améliorer la qualité de mes vidéos, je fais du mieux que je peux et ça paye : un jour je reçois un mail qui va bouleverser ma vie professionnelle... Mais pas seulement.

« L'obstination est le chemin de la réussite. »

Charlie Chaplin

L'histoire s'accélère

On est en 2013. Je reçois un mail d'un certain Joshua, de M6. La chaîne est à la recherche, pour le site minutefacile.com, d'une égérie qui pourra présenter des tutos make-up. Je n'ai qu'une envie : commencer au plus vite !

Je donne mon accord, et ils viennent tourner chez moi. À ce moment-là, je dépanne mon voisin en gardant son chat, Pop's. On a à peine commencé qu'il se met à attaquer la directrice et à courir dans tous les sens. Je le remets chez mon voisin le temps du tournage pour qu'on puisse filmer tranquillement, mais on l'entend retourner tout l'appartement de l'autre côté du mur. C'est assez folklo, mais l'ambiance est top !

On tourne trois épisodes :

- Toutes les erreurs make-up à éviter
- Le maquillage soleil
- L'anti-cernes

Cette aventure « Minute facile » ne dure pas longtemps, mais c'est grâce à elle que va naître un autre projet, beaucoup plus important…

Je les écoute me le présenter. Ils sont très satisfaits de mes prestations pour *Minute facile*, ils ont envie de continuer cette collaboration avec moi, mais sur un autre projet : est-ce que ça me dirait d'être chroniqueuse pour *Rose carpet*, une Web émission ?

J'ose à peine croire ce que j'entends.

En plus, ils envisagent que je partage l'écran avec une certaine Marie, qui fait des vidéos sous le nom EnjoyPhoenix. C'est une fille qui a l'air super sympa et qui connaît un franc succès depuis son arrivée sur YouTube, il y a un peu plus d'un an. De mon côté, je la considère comme une petite sœur à qui j'aime donner des conseils… Eh oui, YouTube est devenu une jungle bien plus hard qu'à ses débuts !

Marie est partante aussi, on est super excitées. Et ce que l'on vit alors va au-delà de nos espérances.

On décide ensemble des sujets que l'on va traiter.
Pour les réaliser, on a une équipe dédiée, avec une directrice artistique et deux cameramen. Tout le monde est génial, et on est traitées comme des princesses. La directrice de projet veille sur nous comme une louve sur ses petits. Elle a toujours un mot gentil, une attention touchante. Je me souviens d'un jour de tournage dans une boutique où l'on devait montrer nos tenues préférées. Nous sortons du magasin avec Marie, la directrice de projet traîne un peu à l'intérieur… Lorsqu'elle arrive, elle nous tend à chacune un sac : en cachette, elle nous a acheté les tenues pour nous les offrir !

Grâce à Rose Carpet, je vis des choses extraordinaires. J'ai deux super souvenirs en particulier : le premier, c'est le jour où on a fait une vidéo « sexy dance ». On avait dix minutes pour apprendre une choré. Mes deux passions – la danse et la vidéo – sont réunies, je m'éclate !

Une autre fois, on a monté les marches à Cannes… Juste avant, on m'a emmenée chez Swarovski pour choisir des bijoux à emprunter. J'avais 20 000 euros de bijoux sur le corps. Tout brillait de partout, c'était comme dans un rêve.

Pour le meilleur… et pour le pire !

« Mon pire souvenir, c'est le tournage d'une vidéo sur les serpents au moment de leur repas. Je ne pouvais supporter d'assister à ça. Non seulement cela me faisait de la peine de voir une souris se faire dévorer, et en plus, je trouvais que cela n'était pas en adéquation avec notre format vidéo. Seule fois où j'ai quitté le tournage en suppliant Marie de venir aussi : je m'inquiétais pour elle, fidèle à mon habitude de faire la petite maman… Je ne voulais pas qu'on lui dise après en commentaires : "Tu es prête à tout pour faire des vues." »

Zone de TURBULENCES

Mes plus belles rencontres

Évidemment j'ai fait une multitude de belles rencontres. Je vais vous parler des plus marquantes, celles que le temps n'a pas effacées.

La première, c'est Horia, une fille dont je suis toujours très proche. Je dois retrouver cette nana que je ne connais pas devant une boutique de corsets, pour y tourner un reportage pour *Rose Carpet*. Je la vois arriver, toute timide, effacée. Chaque fois que j'y repense, je me dis que je suis si fière d'elle et de l'assurance qu'elle a prise. Elle a tellement évolué, mais n'a pas changé ses principes pour autant. J'aime Horia pour sa franchise et son authenticité.
Entre elle et moi, ce n'est pas un coup de cœur. C'est mieux que ça. C'est une relation qui se construit au fil du temps, doucement, progressivement, jusqu'à se transformer en amitié sincère. C'est la seule fille sur YouTube que je considère comme une amie, mais elle en vaut 100 réunies.

Le temps ne te fait pas perdre des amis… il te fait comprendre qui sont les vrais.

« La première fois que j'ai rencontré Emmy, j'étais assez stressée. Je la suivais depuis quelque temps sur YouTube et les réseaux sociaux, et j'allais enfin la voir en vrai ! À l'écran, elle paraissait honnête, franche et sincère. Le stress est vite redescendu quand je me suis aperçue qu'elle était exactement la même en vrai. Je ne savais pas ce jour-là qu'elle allait devenir une véritable amie, sur qui j'allais pouvoir compter dans les bons comme dans les pires moments. Nous n'avons pas l'occasion de nous voir souvent, mais quand on s'appelle, on sait que c'est parti pour des heures de blabla, ahah ! »

Horia

L'autre rencontre incroyable, c'est Charles. Mon double, en version homme. Avec lui, c'est un énorme coup de cœur, réciproque et immédiat.

Valérie, la directrice de projet de *Rose Carpet*, a repéré ce jeune homme qui vient de lancer sa chaîne cuisine sur YouTube : *FastGoodCuisine*. On décide de lui proposer de faire une collaboration. Je tombe tout de suite sous le charme de ce mec dynamique, adorable, marrant, bienveillant. Il incarne des valeurs que j'aime plus que tout. Je n'ai jamais rencontré quelqu'un d'aussi intègre. C'est un garçon très fiable, qui n'a pas volé son succès : il bosse comme un dingue, avec sérieux et passion en même temps. Et puis surtout, c'est la gentillesse incarnée. Un exemple ? Lors de ma rupture amoureuse très difficile (je vais y venir !), il m'a sentie triste au téléphone et m'a proposé immédiatement de venir chez lui, à Strasbourg. Quand je suis arrivée, une odeur m'a chatouillé les narines : il m'avait préparé mon plat préféré, des pâtes carbo maison. Pour lui, la cuisine est un moyen comme un autre d'exprimer son affection.

Il y a aussi ma Sab, Sabrina Perquis. Sab, c'est une femme forte qui se bat au quotidien pour avancer sereinement dans la vie. Sabrina est atteinte de la mucoviscidose. Si vous la suivez sur les réseaux, vous ne pourrez même pas le deviner. Elle ne veut jamais qu'on s'apitoie sur son sort. Je l'admire beaucoup pour cela. Elle a une force de vie incroyable et une personnalité magnifique. C'est ma confidente, une copine indispensable, en plus d'un exemple à suivre.

Il y a aussi un autre garçon que j'aime énormément. Il s'appelle Alexandre Calvez. Alex c'est un homme incroyable et un ami à toute épreuve. Il a une personnalité atypique et tellement bienveillante. On ne se voit pas souvent, mais on sait qu'on peut compter l'un sur l'autre en toutes circonstances. C'est aussi une personne que j'admire pour la force qu'elle a de toujours se relever et d'exceller. Alex a su repartir de rien suite à la malhonnêteté d'un network qu'on avait en commun. Il a supprimé sa première chaîne, pour en recréer une autre avec un concept novateur qui cartonne par la fraîcheur de son contenu.

Je ne peux clôturer ce passage sans vous parler de ma tornade : MA2X, maintenant MAXX. Max et moi c'est une relation fusionnelle doublée d'une immense complicité.

On a traversé des périodes difficiles, mais les sentiments qui nous animent ont su surpasser tout cela. Mi-ombre, mi-lumière, notre duo reste indescriptible.

« Je ferais le pire pour le meilleur, pour qu'un jour je t'emmène loin de chacune de tes peurs »

MA2X, Si vite

Du make-up aux meet-up !

Les petits pouces bleus et les commentaires, de plus en plus nombreux sous mes vidéos, ont chacun un nom, une histoire, un visage. Et c'est en 2015 que, pour la première fois, je m'apprête à les découvrir.

Un meet-up, c'est une rencontre avec « les fans ». C'est à cette époque que les premiers ont lieu.

Cinq ans auparavant, en 2010, j'ai eu la chance d'en vivre un, version mini. J'avais organisé avec la marque MakeUpForEver® un cours de maquillage gratuit donné par mes soins. Je voulais remercier mes abonnées de leur suivi. Les filles avaient été tirées au sort dans les commentaires sous une vidéo. La rencontre a eu lieu dans les locaux de la marque. J'étais tellement heureuse qu'ils acceptent de nous accueillir. Une dizaine de filles étaient présentes, on échangeait sur le maquillage quand une silhouette s'est dessinée à l'entrée de la pièce : Dany Sanz ! Le choc. Dany est la fondatrice et directrice artistique de la marque. Cette femme, je l'admire depuis toujours. C'est une entrepreneuse inspirée qui a un parcours admirable. J'étais vraiment émue qu'elle vienne nous saluer alors que ce n'était vraiment pas prévu, ce fut un moment inoubliable.

En 2015, j'ai environ 500 000 abonnés. En février, je suis contactée par le directeur du centre commercial La Riche Soleil, à Tours. Mathieu me propose une rencontre dans son centre commercial. J'accepte, à une seule condition : que l'entrée du meet-up soit gratuite pour mes warriors. Il valide sans aucun souci.

Je suis en stress total. Je suis super heureuse à l'idée de rencontrer ces personnes qui me suivent depuis des années, mais en même temps, je doute : et si je les décevais ? Et s'ils ne me trouvaient pas belle ou pas intéressante ? Et surtout, et s'il n'y avait personne ? Ce serait un peu humiliant pour moi, mais c'est surtout aux organisateurs que je pense, et à la perte de temps que cela représenterait pour eux…

« La seule limite à notre épanouissement de demain sera nos doutes d'aujourd'hui. »

Franklin Delano Roosevelt

Le 8 avril, je l'annonce à ma communauté. Ouf, je respire un peu : il y a plein de réponses, des gens qui me disent qu'ils seront là, d'autres qui me demandent quand je compte venir à Amiens, Marseille, Paris, Rennes...

Le 18 avril, j'arrive à la gare de cette ville que je ne connais pas. Mathieu, le directeur du Centre Commercial, est là. Je suis très intimidée devant lui comme je suis intimidée devant à peu près tout le monde. Il est d'une gentillesse et d'une bienveillance totale, alors je finis par me détendre. On part en voiture jusqu'au centre commercial, qui est un peu excentré.

Quand on arrive, cinq agents de sécurité se pressent autour de la voiture. J'hallucine complètement. Dans l'ascenseur, au sol, partout, il y a des photos de moi. Je rencontre l'animateur de la journée, qui me confie : « Il y a un monde fou qui t'attend. »

C'est l'heure d'aller à votre rencontre. Je descends les marches, escortée de mes cinq agents de sécurité. J'ai l'impression d'être Pretty Woman. Il y a du monde partout, des barrières de sécurité, des gens qui crient.

J'ai l'impression d'être dans un rêve.

Et puis les photos et les dédicaces s'enchaînent. Certaines filles pleurent. D'autres n'arrivent pas à parler et me disent qu'elles sont trop impressionnées. On m'offre des peluches, des bonbons, des vernis à ongles, des lettres...

Le soir, je repars les bras chargés, et le cœur gonflé d'amour. Ce sont des moments très intenses et chargés d'émotion, dont on ressort aussi vidé qu'heureux.

Mathieu m'a recontactée en 2016 pour une autre rencontre, qui a eu lieu à Poitiers à La Galerie Géant Beaulieu. Après, ça a été au tour de Francine, une femme merveilleuse pour d'autres rencontres sur Paris, parmi l'une d'elles, il y a eu Qwartz à Villeneuve-la-Garenne.

Celle-là était vraiment mémorable, parce qu'elle a eu lieu dans une galerie marchande où j'allais faire du shopping avec ma mère. Imaginez un peu : vous êtes entrée des centaines de fois en jogging, pas maquillée dans un endroit, et puis un jour, vous y retournez. Il y a des photos de vous partout, un tapis rouge a été installé, et un service de sécurité vous accompagne jusqu'à une foule qui crie votre nom.

Souvenir du salon Get Beauty Paris.

C'est lunaire, déstabilisant et inoubliable.

En tout, j'ai dû faire une dizaine de meet-up et j'ai adoré. J'espère vivre encore plein de rencontres de ce genre et continuer à partager ces moments privilégiés avec mes abonnés. Il y a encore tellement de villes dans lesquelles je ne suis pas allée...

Cette bague c'est un symbole. La seule et unique offerte par Benjamin, *sa propre bague* qui a une très grande valeur à ses yeux.

Love story

Vous l'aurez compris, je passe une année de rêve, professionnellement. Mon job me passionne et ma chaîne cartonne. Cet amour que je reçois de mes abonnés est un moteur. Quand, lors de meet-up, je les entends dire : « Tu es encore plus belle qu'en vidéo », j'essaye de m'en souvenir pour prendre confiance en moi.

Mais cette phrase, je l'attends d'un homme qui ne me la dit jamais. Et quand j'arrive escortée de mes « bodyguards », j'aimerais qu'il me voit pour qu'enfin, peut-être, il soit fier de moi.

C'est un sujet que je n'aborde jamais sur ma chaîne. Pourtant, c'est le sujet qui occupe mes jours, mes nuits, mon esprit. Le sujet a un nom, il s'appelle Benjamin.

Je l'ai aimé comme je n'aurais jamais pensé pouvoir aimer un jour. J'ai souffert comme je n'aurais jamais pensé souffrir un jour.

Je lui ai pardonné presque tout le mal qu'il m'a fait, sauf une chose : ne pas avoir la force de prendre une vraie décision pour qu'on soit heureux, ensemble, ou définitivement séparés.

Mais pour que vous compreniez bien, un flashback s'impose.

12 février 2012. Je n'ai pas envie de sortir ce soir, mais ma sœur insiste. On doit retrouver notre ami d'enfance Anthony. Cela fait des années qu'on ne l'a pas vu, alors je cède. Ce soir, on va au Roméo Club, une boîte de nuit parisienne.

La boîte n'est pas très grande. La musique est à fond. Céline me parle, mais je l'entends à peine. On cherche Anthony. Je me retourne vers l'entrée espérant le voir et... tout s'arrête dans ma tête : musique, temps, réalité, sensations.

Mon souffle est complètement coupé. Je n'entends plus rien et je ne vois plus que lui. Mes sens se perdent. C'est le coup de foudre.
C'est comme si un projecteur était au-dessus de cet inconnu pour que je ne puisse pas le rater.
Il est magnifique : blond, musclé, stylé. Il porte une belle chemise blanche et un pantalon noir. Je suis sous le charme. Première fois de ma vie que je ressens cette sensation.

C'est ça le coup de foudre, comme dans les films ?

Je sens que quelqu'un tire sur ma manche avec insistance et je me retourne vers Céline complètement abasourdie.

« Milou, ça va ?
– Euh... Je ne sais pas, il vient de se passer un truc, là...
– Quoi ?
– Le mec là-bas, j'ai bloqué sur lui ! Ça fait longtemps que tu me tires sur le bras ?
– Non, non, tkt !
– T'es sûre ? Je te jure, je me sens bizarre. La honte !

– Vas-y, viens, on va lui parler.
– T'es folle ! Jamais de la vie, je vais parler à un mec. Il va me prendre pour une fille facile. »

Céline me connaît bien. Je suis une personne sur la réserve qui n'a pas grande confiance en elle et encore plus avec les garçons.
« T'abuses Mil ! Pour une fois qu'un mec te plaît.
– Ça ira, merci ! »

J'avoue que je suis très difficile en matière d'hommes et que j'ai du mal à matcher… mais lui. Mon cœur cogne toujours à 100 à l'heure. Je ne pense qu'à recroiser son regard.

Je me raisonne immédiatement en me disant qu'un mec de boîte n'est pas là pour rencontrer la femme de sa vie, mais plus le coup de sa nuit. Soyons réalistes ! Encore un bouffon qui doit être là pour chasser des filles. Je suis fleur bleue et c'est pour cela que j'évite ce genre d'endroit qui ne me correspond pas.

Anthony n'est toujours pas là. Céline me tire par la main et m'emmène sur la piste, juste en dessous du beau garçon. Évidemment ! Je suis habillée n'importe comment et à peine maquillée. Je suis verte de ne pas m'être apprêtée.

Comme quoi, on ne choisit pas où et comment se fera la rencontre qui va bouleverser sa vie.

Quelques instants plus tard, je me fais bousculer par un mec qui me renverse la totalité de son verre sur ma robe. Il se confond en excuses, mais je l'écoute à peine.

Je baisse les yeux pour regarder les dégâts et je sens qu'on m'attrape par le bras avec une force mêlée de douceur.

Waouh ! C'est quoi ça !

Je relève la tête et le bras me fait pivoter.

« Ça va ? Je suis désolé. Il est vraiment maladroit. »
Sans mot.

Céline n'est plus là et je suis nez à nez avec mon bel inconnu. Mon Dieu, *il est encore plus beau de près !* Je ne sais plus quoi faire. Je dois être aussi rouge que les rouges à lèvres Pur Couture d'Yves Saint Laurent.

Son bras maintient le mien.

Je découvre la forme de ses muscles à travers sa belle chemise blanche. Couverte de honte, avec ma robe mouillée, je bafouille.

« Euh… non, c'est pas grave.
– Il t'en a mis partout. »

Je suis perdue dans ses beaux yeux verts qui me dévisagent. Je ne sais plus quoi dire, quoi faire…

« Ça arrive. Il ne l'a pas fait exprès.
– Tu t'appelles comment ?
– Emmy. Et… et toi ?
– Benjamin. »

VINCENTE M

On commence à parler, puis on finit par passer toute la soirée ensemble, sans se lâcher. Il m'explique que c'est son anniversaire, qu'il n'avait pas prévu de sortir, mais qu'il s'est fait entraîner par ses collègues. Il est né le 12 février. Puis… cette phrase met fin au charme : « J'ai une copine. » Je respire un bon coup et j'essaye de ne pas montrer mon désenchantement.

Mais attendez, pourquoi il me parle s'il est en couple ?

J'essaye donc de le comprendre, *c'est bien parce que c'est lui*. Il m'explique son histoire et je lui dis que c'est dommage de rester avec une fille que l'on trompe, même s'il le fait pour se venger, car elle l'a fait avant lui. Il me dit qu'il aimerait la quitter, mais qu'il n'y arrive pas. C'est trop compliqué…

De mon côté, c'est la désillusion totale, jamais je ne sortirais avec un mec maqué. La fidélité est une valeur plus qu'importante pour moi, qu'elle soit amicale ou amoureuse. Même sans connaître la femme en question, je refuse d'être celle qui brise un couple, et un cœur. Il tombe des nues. Beau comme il est, celle-là, on ne lui avait jamais faite…

Benjamin doit partir. Je lui dis au revoir, sans lui laisser mon numéro. Rien.

Le lendemain je me réveille avec une terrible peine de cœur. C'est quand même un comble pour quelqu'un qui est célibataire. Je passe une journée horrible. C'est comme une rupture, sauf qu'on ne s'est même pas embrassés. Ça peut paraître dingue, mais « le mec d'hier » m'obsède. Je reste cloîtrée dans mon lit.

Dans l'après-midi, je reçois un mail. Mon cœur s'emballe en lisant les premiers mots. « Salut, c'est Ben. Tu ne dois pas te souvenir de moi, avec tous tes followers… » Hum… Comment te dire ?! Il m'a retrouvée grâce à Internet, car pendant la soirée, nous avions évoqué mon métier.

On échange quelques mots pendant quelques jours, mais je m'en veux. Ce n'est pas correct pour sa copine, alors je coupe les ponts de nouveau.

Quand il me rappelle le lendemain, c'est pour me dire qu'il l'a quittée.

Je vois partout des signes qui me prouvent que c'est le bon. On s'est rencontrés le jour de son anniversaire, le 12 février. Son chiffre porte-bonheur, c'est le 12. La première fois que je l'ai vu, c'était vers minuit, on est en 2012, et… vous vous souvenez du vrai jour de ma naissance ? J'ai rencontré ma mère 12 jours après. Pour lui, je suis sa coccinelle, son porte-bonheur, son ange…

À cette période, je me sens toujours complexée, mais ça va un peu mieux. J'ai perdu pas mal de poids, j'ai appris à bien me maquiller. Je suis passée à deux doigts d'être égérie du fond de teint HD de MakeUpForEver®, c'est un pas de géant, niveau confiance en soi ! Professionnellement, je suis reconnue. Ma chaîne YouTube marche de mieux en mieux, et mes abonnés me donnent des ressources immenses.

D'ailleurs, j'ai omis de vous parler de trois personnes importantes dans mon cœur.

La première s'appelle Kevin, plus précisément Kevin Miranda. Kevin est à ce moment-là acteur principal d'un nouveau concept de série télé : *Hollywood Girl*. On s'est rencontrés en 2011, bien avant sa médiatisation dans la série. Il m'avait mis un commentaire sous une photo d'un de mes maquillages horreur « Le clown diabolique ».

Ne vous moquez pas de mon clown, ayez pitié de « mes créations ». Lol ! Il est censé faire peur, ce clown…

Après différents échanges, on a décidé de passer du virtuel au réel pour faire une vidéo où je le transforme en zombie. Si vous avez un peu de temps, tapez sur YouTube « Zombie kevin emmy ». Vous allez découvrir les images de notre première rencontre. C'est fun tellement j'étais gênée.

On a beaucoup de respect l'un envers l'autre. Kevin, c'est un cocktail exceptionnel de charisme, de prestance et d'intelligence. J'adore discuter avec lui car il est toujours de bon conseil et sa présence est apaisante. Il a ce petit côté protecteur et bienveillant qui me fait kiffer ! Une belle amitié qui dure depuis maintenant huit ans.

« J'ai rencontré Emmy en 2011. J'errais sur Facebook quand je suis tombé sur la photo d'un maquillage de clown super bien fait. J'ai alors commenté la photo et elle m'a répondu. Quelques jours plus tard, je devenais son cobaye pour un make-up de zombie lors de sa fameuse « semaine de l'horreur » qu'elle postait chaque année sur sa chaîne Youtube afin de célébrer Halloween.

C'est à ce moment précis que tout a commencé. J'ai découvert une femme passionnée, professionnelle et visionnaire, profondément gentille, souriante et déterminée avec un côté fragile et manquant parfois d'assurance. Emmy est un soleil qui vous transmet sa lumière quand vous la rencontrez.

Elle n'avait que quelques followers à l'époque. Depuis, elle est devenue la première youtubeuse professionnelle en France. Ce qui est incroyable, c'est qu'elle est restée elle-même. Elle est aujourd'hui la même fille humble et douce que j'ai rencontrée il y a tant d'années et qui continue de donner vie à ses projets avec cœur et passion, sans n'être jamais animée d'aucune mauvaise intention. Il faut comprendre que c'est déjà rare chez la plupart des gens, mais que ça n'existe presque pas dans ce milieu. Emmy fait partie de ces personnes exceptionnellement braves qui trouvent la force de danser sous la pluie quand d'autres attendent que l'orage passe. Emmy ne s'explique pas. Emmy se vit. »

Kevin Miranda

De toute ma vie, je me suis rarement sentie aussi légère que lors de mes soirées avec Kev et ses amis. Avant de le rencontrer, j'étais enfermée chez moi à travailler ou à voir mon ex. Il m'a apporté un côté fun que je n'oublierai pas. C'est d'ailleurs grâce à lui que j'ai quitté Fred avec qui j'étais depuis cinq ans. Il m'a permis de comprendre que je n'étais pas épanouie dans ma relation et que la vie n'était pas celle d'une fille enfermée dans une routine ennuyante.

La seconde personne que je dois vous présenter se nomme Guillaume. Guillaume, c'est un ami précieux, la personne sur qui je peux compter 24 heures/24, 7 jours/7. On s'est rencontrés quand on travaillait tous les deux dans le milieu audiovisuel. Un homme déterminé et très cultivé. Je passe ma vie au téléphone avec lui. La petite anecdote rigolote, c'est que l'on s'est rendu compte quelque temps après notre rencontre que sa maman était ma prof d'anglais quand j'étais au lycée. Une femme super qu'on avait tous surnommée « la jolie poupée russe ». Elle était trop mignonne avec ses petites taches de rousseur, son parka vert et son rouge à lèvres rose fuchsia.

Et il y a mon chou d'amour, mon Tony chéri. Si vous me suivez depuis longtemps, vous savez qui est Tony. Tony, c'est mon ami d'enfance. On forme un couple d'inséparables. D'ailleurs, c'est grâce à Tony que je peux vous confirmer qu'une vraie amitié ne se brise jamais. On a eu des heurts conséquents, et à chaque fois, il a su reconnaître ses torts et revenir, et vice versa. Un vrai ami, c'est la personne qui saura mettre sa fierté de côté pour te rassurer et te garder auprès de lui.

Mais, malheureusement, même si je suis très bien entourée, Benjamin me fait vivre un enfer.

Au bout d'un mois de relation, il me quitte pour retourner avec son ex. Puis il revient quelques jours après…

À partir de là, on reste trois ans ensemble, puis on se sépare, car j'apprends l'inimaginable… Depuis, cela fait quatre ans que notre histoire devient une suite incessante et épuisante de retrouvailles et d'au revoir, de larmes, d'espoirs et de déceptions.

Un peu, beaucoup, "addictivement", à la folie…

« Ce que je ressens pour lui, c'est de l'addiction. Imaginez que vous êtes accro au Coca : vous avez besoin d'un verre, là, tout de suite, vous ne pensez plus qu'à ça. À partir du moment où vous ouvrez la canette ou la bouteille, le petit son qui se produit apaise déjà votre manque. C'est ce qui passe pour moi chaque fois que je suis séparée de Benjamin et que je le retrouve. »

Je souffre beaucoup de cette relation. Dans ses yeux, je ne me vois pas belle, pas intéressante. Et le vrai piège, c'est que je ne vois que son regard. Je passe à côté de tous ceux qui pourraient m'encourager. Il n'y a que dans ses yeux que je veux voir des étincelles. Ma vie se résume à des tentatives de le rendre fier et amoureux.

Mon histoire avec Benjamin, c'est une succession de séparations douloureuses et de retrouvailles enflammées. Il n'y a jamais de place pour le répit. Et comme toute « love story » qui se respecte, il y a aussi les retournements de situation, qui prennent la forme de drames.

Après une énième trahison, j'ai enfin un déclic. On est en avril 2016, sept mois se sont écoulés sans contact avec lui. Première fois que je tiens sans lui répondre malgré quelques appels, SMS… Je me réveille et, sans que je comprenne comment mon cerveau a procédé, je le sens profondément : je suis libérée de son emprise. Je pars le cœur léger à un tatouage de sourcils, quand mon téléphone vibre.

C'est un message de Benjamin, comme par hasard, c'est le jour où je crois avoir cessé de l'aimer qu'il me contacte.
Je n'ouvre pas son message. Je laisse passer la journée. Quand je me décide enfin à le lire, c'est un tremblement de terre.

Il m'annonce qu'il a eu un grave accident et qu'il se trouve actuellement en Thaïlande. Il veut que je sache qu'il n'y a pas un jour où il n'a pas pensé à moi depuis qu'on ne se parle plus, qu'il regrette tout ce qu'il m'a fait, qu'il s'interdit d'aller sur mon Instagram pour ne pas souffrir de peur de voir quelque chose qui le briserait, que j'ai marqué sa vie à jamais, que personne ne pourra me

À qui écrirais-tu si tu pensais que tu allais mourir ?

Et si tu envoyais un message immédiatement à cette personne pour lui dire que tu l'aimes ? Après tout, la vie est courte. On ne sait jamais de quoi demain sera fait !

remplacer dans son cœur et que je suis celle qu'il aime le plus sur cette terre... qu'il a une profonde tristesse depuis qu'il m'a perdue, que peut-être nos chemins se recroiseront et qu'il m'aimera toujours jusqu'à son dernier souffle.

Sachez que c'est LA plus belle déclaration d'amour que l'on ne m'a jamais faite. Le cœur a ses raisons que la raison ignore..., je n'oublierai jamais ces mots. Nous sommes liés quoi qu'il nous arrive.
On ne sait toujours pas comment il a eu la force d'écrire ces lignes alors qu'il était perfusé et avait déjà perdu 1 litre de sang... L'amour peut-être ?

La main tremblante, j'essaye de l'appeler. Son téléphone est éteint. Les quelques minutes qui suivent sont les plus longues de ma vie, puisque je le crois mort.

Quand j'arrive enfin à le joindre, c'est le soulagement. Il a du mal à parler et m'apprend qu'il a donné mon numéro aux médecins, c'est moi qui dois être prévenue s'il lui arrive quelque chose. Je lui demande s'il a averti Maud, sa petite sœur, qui est aussi l'une de mes plus proches amies. Il me dit que non, il ne veut pas l'inquiéter. Je prends de ses nouvelles chaque jour, en attendant son retour. Quand il est enfin en mesure d'être rapatrié, nos retrouvailles sont très intenses.

Et dans les semaines qui suivent, je n'ai pas le même homme devant moi. J'ai celui dont j'ai toujours rêvé : affectueux, doux, présent… Malheureusement, Benjamin ne tient pas ses promesses, alors je décide de m'éloigner de lui pour qu'il réagisse.

C'est difficile, alors je m'accroche à mon boulot comme à une bouée. Et ma chance, c'est qu'il est passionnant. Le programme *Rose Carpet* cartonne : Marie et moi, c'est un duo qui plaît !

Mon travail, c'est ce qui m'empêche de sombrer. Alors quand les choses se gâtent de ce côté-là, c'est le début du chaos…

L'homme le plus important dans la vie d'une femme n'est pas le premier, c'est celui qui ne laissera pas le prochain exister.

Rose Carpet : des pétales et des épines...

On a toujours en nous un enfant qui parle. J'ai toujours au fond de moi cette petite fille qui ramasse les balles pour avoir le droit de rester avec ses amies. À défaut d'être aimée par l'homme que j'aime, je fais tout pour me rendre indispensable au travail. Je bosse d'arrache-pied et je fais tout pour aider Marie. Depuis le début, je l'ai prise sous mon aile. Je fais l'intermédiaire entre elle et la prod quand il y a un souci. Ça donne souvent lieu à des situations inconfortables, où en voulant arranger les choses, je passe pour la nana pénible. Mais je gère, jusqu'à cet épisode qui va tout changer.

Pour *Rose Carpet*, on a décroché un partenariat avec Nina Ricci. C'est une marque que j'adore, hyper prestigieuse, c'est un partenariat de rêve ! La veille du tournage, je suis excitée et impatiente, vivement demain. Quand je me réveille, j'ai un SMS de Marie : « Je n'irai pas au tournage. Je me sens mal à l'aise sur le partenariat, je n'ai plus envie. »

Immédiatement, j'essaye de l'appeler. Répondeur. Je suis en panique, qu'est-ce qu'elle fait ? Je lui envoie un SMS, au cas où... mais rien. Téléphone éteint. Quelques minutes plus tard, je reçois un message de la prod qui m'informe que le tournage est annulé. C'est un premier choc.

Le deuxième, c'est quand on m'explique que, suite à l'engueulade d'hier, Marie aurait peur de me voir, que je sois violente avec elle. Je suis sans voix. C'est soit une blague (de très mauvais goût), soit un cauchemar. Il me faut quelques minutes pour réaliser que ce n'est ni l'un ni l'autre. Le tournage est annulé. Le partenariat tombe à l'eau. Et moi, je tombe des nues.

Je finis par avoir Marie au téléphone. Je comprends qu'elle n'en peut plus de cette prod, qu'elle n'aurait jamais dit ça et qu'elle souhaiterait que l'on arrête l'émission, que l'on parte toutes les deux. Partir, c'est mettre fin à un rêve, mais en même temps, cette ambiance est irrespirable, c'est contraire à mes valeurs, alors je me laisse convaincre par Marie : ok, *Rose Carpet*, c'est fini.

« Toujours se souvenir des bons moments quand l'orage menace – Emmy »

Mais quelque temps plus tard, je finis par apprendre que Marie n'aurait pas l'intention de partir et essayerait de faire intégrer sa meilleure amie dans le programme.

Je ne comprends plus rien. La prod essaye de calmer le jeu et me supplie de rester. Pour me convaincre, ils me proposent une somme d'argent phénoménale, qui m'assurerait de longs mois de tranquillité financière.

Sauf que cela va à l'encontre de mes valeurs morales.
Comment rester égérie d'une émission alors que je ne suis plus en phase avec mon binôme ? Et quand je découvre que l'une des conditions de Marie serait de travailler avec une nouvelle équipe technique, mon « non » devient ferme et définitif, car j'apprécie l'équipe en place.

Je refuse d'empocher cette somme. J'ai pris ma décision : tant pis si je dois en payer le prix.

Rose Carpet, c'est fini.

Mon rêve vient de s'écrouler, je n'ai plus de travail et je suis profondément meurtrie.

Ne perds jamais espoir,
quand le soleil se couche,
les étoiles apparaissent.

SHEIN

EnjoyPhoenix VS EmmyMakeUpPro : les prémices d'un clash

Je dois prévenir mes abonnés, et c'est une épreuve. Je ne sais pas comment m'y prendre, parce que je ne peux pas dire la vérité, mais qu'en même temps, je déteste plus que tout le mensonge et l'hypocrisie. Alors j'édulcore, je frôle les vraies raisons, je reste un peu vague. Je parle de « différences de valeurs » et je garde pour moi le reste.

Et puis, qu'est-ce que je peux expliquer de cet événement auquel je ne comprends rien. J'essaye de joindre Marie plusieurs fois pour comprendre, mais elle ne répond pas. C'est difficile de passer à autre chose et de digérer un événement comme celui-là quand il n'y a qu'une succession de points d'interrogation et que vous perdez le métier pour lequel vous vous êtes battue.

J'essaye de ne pas tomber dans la haine ni la rancœur.

J'apaise les rumeurs qui courent. Jusqu'à ce jour, neuf mois plus tard, où je découvre la vidéo de Marie qui va provoquer le clash.

Elle est sur le point de participer à *Danse avec les stars*. Ses relations sont tendues avec la plupart des grosses youtubeuses. Ce n'est pas mon problème, alors je ne rentrerai pas dans les détails, mais avant cette médiatisation, Marie a besoin d'apaiser les conflits qui couvent avec pas mal de monde et de rassurer son public face à la médiatisation qui l'attend.

Dans une vidéo intitulée « Ce que j'aime chez les youtubeuses », elle fait une sorte de « promo » des filles les plus populaires de l'époque, et surprise : moi qui lui fais si peur et qui n'arrive pas à la joindre depuis plusieurs mois, j'en fais partie.

C'est la goutte d'eau qui fait déborder le vase.
C'est la manipulation de trop, qui déclenche en moi un sentiment de colère et d'injustice terrible.

Je sens que je suis sur le point de faire une bêtise, alors pour redescendre, j'essaye de la contacter. Sans surprise, elle ne répond pas.

Erreur 404

Je suis fatiguée, blessée, humiliée, salie. Je ne me cherche pas d'excuses, mais c'est ce cocktail explosif qui déclenche ma réaction. Je décide de faire une vidéo très second degré.

Devant la caméra, je prends ma voix la plus ironique pour parler de sa sincérité et de son honnêteté vis-à-vis des youtubeurs et de sa communauté, de sa gentillesse, de son talent, de sa modestie légendaire.

Je ne me sers de l'ironie que pour conseiller à mes warriors de toujours garder le sourire et de se méfier de ce qu'ils voient sur YouTube.

Le déferlement de haine qui survient alors est d'une violence inouïe. En quelques minutes, c'est un tsunami. Les insultes commencent à fuser. La communauté de Marie monte au créneau, la mienne me défend.

Le point de non-retour est atteint avec un tweet infâme d'incitation à me violer par un youtubeur.

Les menaces de viol se multiplient, suivies de menaces de mort. C'est un cauchemar.

Le lendemain, 5 septembre 2015, je décide de reprendre la parole. Je veux calmer le jeu parce que tout ça va beaucoup trop loin.

Sur la vidéo, j'ai le sourire. Personne ne voit que je n'ai pas dormi de la nuit et que j'ai le sentiment d'avoir mis le doigt dans un engrenage terrible.

Dans cette vidéo, qui se nomme « À cœur ouvert – Emmy », je me contente de dire que je ne supporte pas l'hypocrisie et que j'ai réagi sous le coup de l'émotion. Que je ne peux pas tout dire, mais que j'aimerais que les choses se tassent.

Ça apaise une partie seulement des internautes. Mais c'est loin de tout régler. Le déferlement de haine continue.

La bonne surprise, c'est le soutien, en off, de beaucoup de youtubeurs humour. Ils m'écrivent pour me dire qu'ils ne peuvent pas me soutenir publiquement au vu de l'influence de Marie, mais qu'ils me trouvent courageuse et sont de tout cœur avec moi.

Ce qui est terrible sur YouTube, c'est que les plus gros comptes règnent en maître. Le nombre de leurs abonnés leur confère une sorte d'immunité : ils deviennent intouchables, car tout le monde sait que, face à eux, il est impossible de faire le poids.

Ces vidéos, regardées par des milliers d'internautes, n'étaient pas juste un petit clash ridicule entre youtubeuses. Cet événement a changé ma vie, ma façon de voir les choses, ma personnalité. J'ai reçu de multitudes appels anonymes me menaçant, mes coordonnées ont été diffusées… Ma voiture a été vandalisée. Les insultes n'ont jamais complètement cessé. Les menaces non plus.

Sincèrement, je suis encore meurtrie par cet épisode. Je vous l'ai dit, depuis toujours, j'ai des valeurs, et une sensibilité très forte à l'injustice. Ce sont ces deux points qui me définissent le mieux, et ce sont aussi ceux qui ont été mis à mal, dans cette histoire.

« Il vaut mieux être détesté pour ce que tu es qu'être aimé pour ce que tu n'es pas. »

Kurt Cobain

Je tiens à rester lucide et honnête en toutes circonstances, alors je l'avoue : je regrette.
J'ai fait une erreur.
Je n'aurais pas dû utiliser l'ironie.
Ça a d'ailleurs été une belle leçon. Ce sourire, que je tiens à garder, me joue aussi des tours. J'ai du mal à me montrer triste ou blessée quand je le suis. J'ai voulu faire la femme forte, c'était une mauvaise idée. J'aurais dû parler de mes émotions, avec plus de transparence. Expliquer ce que j'avais subi, sa trahison simplement.

Ce type de discours a été contre-productif : en voulant réparer une injustice et rétablir la vérité, je me suis retrouvée face à une autre injustice, puisqu'on m'a insultée, menacée, harcelée.

Étonnamment, une des remarques qui m'a fait le plus de peine était que je puisse être jalouse. C'est tellement mal me connaître. Non seulement je n'ai pas ce tempérament, mais en plus, je ne vois pas ce que je pourrais jalouser : son nombre d'abonnés ?

J'ai toujours préféré
la qualité à la quantité.
La qualité fait la différence.

Anecdote

« Lors d'une conférence chez Google où j'étais l'invitée d'honneur, je devais parler de l'univers de la beauté devant de nombreux youtubeurs, networks, chaînes de télé... Tout se passait bien jusqu'à ce que le présentateur finisse par me demander : « Peux-tu nous dire comment cela se passe au niveau relationnel entre youtubeuses ? » La réponse a fusé : « Il n'y a que l'adjectif qui est beau, le reste, c'est le bal des faux-culs. »

Ma franchise a coupé le souffle de l'assemblée et fait sourire les youtubeurs humour. Le présentateur n'a su que répondre et a vite changé de sujet.

Comme quoi, ce n'est pas parce que l'on fait du maquillage qu'on est une truffe. Il fallait oser dire la vérité devant tout le monde, et chez YouTube en plus.

Sachez que mon honnêteté me dessert plus qu'elle me sert... L'hypocrisie règne si tu veux gagner en popularité... Pas pour moi ! Envers et contre tous s'il le faut, avec des principes inébranlables. »

Et puis ma communauté a quelque chose de précieux, qui pèse bien plus lourd que n'importe quel chiffre : il y a entre nous une relation de confiance, de respect mutuel.

C'est d'ailleurs par ce genre de commentaires que je me rends compte que YouTube a bien changé. Où sont passées les personnes passionnées ? Celles qui étaient là pour le plaisir du partage ? C'est quoi un chiffre, franchement ?

Si YouTube s'arrête, tu t'arrêtes aussi ? La valeur d'une personne n'est pas un chiffre, mais son comportement dans la VRAIE vie, pas derrière un écran.

Heureusement, mes warriors étaient là à cette période, parce que les mois qui suivirent ressemblèrent à une descente aux enfers.

Merci Dominique !

« Depuis que le harcèlement a commencé sur les réseaux sociaux, j'ai déposé trois ou quatre mains courantes. C'est grâce à ces problèmes que j'ai rencontré un policier extraordinaire, Dominique, qui m'a tout de suite prise au sérieux et a mesuré la gravité de la situation. Il m'a garanti que je pouvais les appeler quand je voulais et qu'ils se tiendraient prêts à intervenir. Ça a été une bulle de réconfort et de soulagement dans le chaos. »

Important

Pensez à débrancher et rebrancher régulièrement votre box Internet si l'IP ne se change pas régulièrement. Un IP fixe peut être obtenu par une personne douée. Si elle a votre IP, elle peut ensuite retrouver votre adresse physique. Méfiance ! Vous n'êtes jamais totalement anonyme. Faites attention à vous. On ne sait pas qui se cache derrière n'importe quel pseudo.

La descente aux enfers

Cette histoire change quelque chose sur YouTube. Les gens se rendent compte que tout n'est pas si beau. Nos deux images en prennent un coup. Mais Marie a été plus maligne que moi, elle a gardé ce travail, qui était celui de mes rêves et que j'ai quitté par fidélité à mes principes. Avec le temps, je me suis rendu compte que j'aurais dû continuer *Rose Carpet*…

Les partenariats se font rares, car personne n'a envie de s'afficher avec l'ennemie de la plus grosse youtubeuse. Beaucoup des youtubeuses que je côtoyais m'ont déçue, alors je décide de tracer mon chemin, seule.

Je continue malgré tout les vidéos, mais le cœur n'y est plus. Je voudrais avoir des bras dans lesquels me blottir, mais les seuls qui m'intéressent sont ceux de Benjamin… Autant vous dire que, vu ce qu'il me fait, ce n'est pas possible ! Je dois l'oublier, je n'ai pas le choix.

Sous l'effet du stress, mes cheveux commencent à tomber. Je perds beaucoup de poids, puis mes crises d'hyperphagie recommencent, et je reprends énormément de poids.

Dans ces moments-là, on aimerait pouvoir se mettre au lit, chez soi, roulée en boule sous la couette. Mais je n'ai pas de refuge, car chez moi, c'est un enfer. Vous le savez si vous me suivez depuis longtemps : il se passe des phénomènes étranges et flippants dans l'appartement que j'ai acheté peu de temps auparavant.

L'appartement hanté

Avant de commencer, il faut que vous sachiez que l'appartement n'a pas été ma première expérience étrange. J'en ai depuis mon plus jeune âge, mais en scientifique que je suis, je n'y prête pas vraiment intérêt. Trop peur de ce que je ne maîtrise pas.

Comme vous le savez, je n'ai aucun intérêt à mentir. Tout ce que je vais vous expliquer ici n'est pas le fruit d'une imagination débordante, mais une succession d'événements qui m'ont terrifiée et dont je n'ai toujours pas trouvé l'explication.

N'HÉSITEZ PAS À PASSER DIRECTEMENT À L'AUTRE CHAPITRE SI CELA VOUS EFFRAIE.

Je ne suis d'ailleurs moi-même pas rassurée à l'idée de vous écrire cela. Je me lance !

Tout a commencé quand j'étais jeune. J'avais peur de ma chambre avant d'habiter dans la belle maison dessinée par mon père. À cette période, nous vivions dans une maison qui n'était pas accessible directement par la rue. Il fallait ouvrir le portail en bois, garer la voiture plus haut et passer un chemin sinueux pour arriver à la porte d'entrée. Rien que l'entrée de cette baraque était macabre ! Dans cette maison, j'avais une chambre en deux parties. La première partie était une pièce avec des murs recouverts de papier peint rose clair. Puis tu poussais une seconde porte, et là, il y avait mon lit et le fameux miroir de ma Mémé Gâteau (pour les curieux, vidéo story time sur ma chaîne, tapez « Miroir hanté emmy »).
Cette seconde pièce était mansardée, recouverte de lambris avec une moquette rose fuchsia. Elle me terrorisait alors qu'elle aurait dû me faire rêver ; pour moi, c'était l'intérieur d'un cercueil. Ne me demandez pas pourquoi je suis si négative, c'est un feeling, une sensation que je ne peux vous expliquer.

Le seul fait de devoir rester dans cette pièce m'inquiétait, je me sentais toujours en danger. Une fois, en pleine nuit, j'ai ouvert les yeux et j'ai aperçu à travers le Velux une silhouette d'homme qui me regardait avec ses mains autour de la fenêtre. Il n'avait pas de visage. Terrifiée, je me suis forcée à me rendormir en me disant que ce n'était qu'un cauchemar...
J'ai encore cette image dans ma tête.
Un autre matin, je me suis réveillée en sueur suite à un énième cauchemar : la pièce était recouverte de fourmis volantes rouges. L'horreur. J'ai hurlé, mes parents sont vite arrivés. À leur grand étonnement, il n'y avait pas un mètre carré sans fourmis rouges. Ma mère m'a portée pour me sortir de la pièce. On a dû faire intervenir un technicien pour tout traiter. Il n'y a jamais eu d'explication...
C'est impossible qu'en une nuit une pièce soit envahie alors qu'il n'y en avait jamais eu avant. J'ai toujours pensé que cette maison était étrange.

Pendant cinq ans, j'ai squatté la chambre de ma petite sœur pour dormir avec elle. Impossible de fermer l'œil de la nuit. J'avais peur pour nous, alors je guettai la porte d'entrée de sa chambre, prête à bondir s'il se passait quelque chose. Je vous épargne l'horrible sous-sol de cette maison. Quand je devais aller chercher de l'eau à la demande de ma mère, c'était une épreuve. Il fallait descendre les marches en béton. Quand tu arrivais en bas, il y avait trois portes en bois fermées qui me faisaient face et une quatrième totalement cachée dans un recoin. Moi, je devais ouvrir la première, celle face à l'escalier, prendre l'eau et vite remonter.

Quand je replonge dans ces souvenirs, j'ai le cœur serré.
Une fois, j'ai couru trop vite. Je suis tombée sur les marches en béton et je me suis arraché le petit frein qui rejoint la lèvre inférieure à la mâchoire. En sang.
Je n'ai évidemment pas dit la vérité à ma mère, trop peur que la maison se venge après sur moi.
J'avais 6-9 ans, on ne me parlait pas d'esprit ou autres, je ne savais pas ce que c'était. Juste une petite fille et son effroyable ressenti.

Je n'y retournerai même pas aujourd'hui si vous me le demandiez.

Maintenant, je vais rentrer un peu plus dans le sujet et vous dévoiler un des premiers faits marquants qui a eu lieu en 2011, avant l'appartement. On me contacte pour donner des cours de maquillage hors de Paris.
À l'arrivée, on me montre l'endroit où je dois passer la nuit. C'est un chalet paumé au milieu de la forêt. Le chalet a une cuisine, une salle de bains, une chambre et un étage où il y a deux lits. Je ressens immédiatement des ondes très négatives et je décide de mettre toutes mes affaires dans la petite chambre en bas. Je passe une nuit horrible : ombres incompréhensibles qui se dessinent sur ma fenêtre, bruits étranges, murmures, craquements. Je suis tellement en état de choc que j'en perds ma voix. Le lendemain matin, j'arrive pour donner mon premier cours, mais il y a un gros problème : aucun son ne sort de ma bouche, le chalet a eu raison de moi. J'ai fait cours avec une ardoise.

Un an après, on me propose la même mission. J'accepte, car j'ai besoin d'argent et l'équipe est adorable. Je pose une condition : être logée ailleurs. On me promet que ce sera le cas, j'insiste lourdement en disant que je ne pourrais pas venir. J'invente que j'ai eu trop froid l'année passée. Le directeur m'explique que je serais logée dans une pièce de leur maison. Problème, à mon arrivée, il m'explique que la chaudière vient juste de lâcher dans la matinée, la pièce est inondée, leur canapé trempé… Il n'a aucune solution à me proposer, je dois retourner au chalet. Encore une fois, c'est un cauchemar.
Le lendemain, je suis épuisée, ça a recommencé… mais cette fois, j'ai gardé ma voix. Mon énergie, par contre…

L'année d'après, alors que je suis sur le point de refuser, Benjamin me dit : « Arrête un peu, t'es vraiment grave avec tes histoires, c'est débile, cela va te faire de l'argent. » Dans le seul but de lui prouver le contraire, je décide d'y aller et, s'il m'arrive un truc, j'espère qu'il l'aura sur la conscience. Quelques jours avant le départ, ma mère m'appelle et ce qu'elle me dit me glace le sang :

« Il y a un voyant qui est venu à la maison pour faire un soin énergétique à la voisine, il s'est arrêté devant la photo de toi et Céline dans le salon. Il a dit que tu avais un voyage de prévu prochainement et que tu ne devais pas partir, que tu courais un danger. T'as un voyage de prévu ma fille ? » Choquée...

Du coup, je n'ai plus jamais remis un pied dans cette école. Je ne sais pas pourquoi, mais je le sentais au fond de moi, c'était sûr : cette fois, si j'y allais, j'allais y rester. Je ne sais pas comment vous décrire ce que je ressens dans ces situations. C'est comme si vous saviez au fond de vous que c'est néfaste, votre corps se fige, vous n'arrivez plus à être sereine et la situation n'est pas compréhensible. Je déteste quand ces choses m'arrivent... mais je ne peux rien y faire. Plus j'évite, pire c'est.

Pour tout vous dire, ce type de nuit d'horreur, j'en ai vécu des milliers dans ce nouvel appartement. Je l'ai acheté, car il était temps que je quitte la maison de ma mère. Et puis Benjamin et moi, on vivait trop loin l'un de l'autre, si je prenais un appartement, il s'installerait progressivement chez moi.

J'avais de l'argent de côté, et ma mère m'a réservé une jolie surprise. Elle me demandait de lui verser chaque mois un loyer quand je vivais chez elle, et cet argent, elle me l'a redonné lorsque je suis partie ! Je décide d'acheter un appartement. Sur les photos, c'est le coup de cœur, mais quand je le visite, il y a dans l'air quelque chose qui ne me va pas. Ma petite voix me souffle qu'il y a un problème. Mes proches me disent qu'il est génial. Je ne m'écoute pas, et je signe.
La première nuit fut horrible : j'ai rêvé que je me réveillais dans mon lit, au fond de la pièce, devant les escaliers, une vieille femme me faisait signe avec son index d'avancer vers elle, je me lève voir ce qu'elle fait chez moi, puis elle me balance dans l'escalier. Réveil immédiat, en sueur. Ouf ! Cela n'était qu'un cauchemar.

Ce n'est pas très bon signe pour la suite, et la suite est bien pire que ce que je pouvais imaginer. J'avais accroché au-dessus de mon lit une photo de moi que j'aimais bien. C'était un portrait que Claude avait fait lors de mon premier shooting photo avec lui. Un matin, au réveil, je m'aperçois que des gouttes d'eau séchées sont présentes juste sous le tableau, comme des larmes. Je soulève le tableau pensant à une condensation pendant la nuit, mais rien. L'eau séchée est uniquement à la bordure du tableau…

Quand je « dors » en haut, j'entends en bas les portes qui s'ouvrent… Je me dis que cela doit être les murs qui travaillent, mais le matin, au réveil, tout est ouvert… La télévision de ma chambre, j'ai fini par la débrancher, car sans explication, elle s'allumait toutes les nuits entre 3 h et 3 h 15 du matin. Aucun réveil de programmé dessus. Autre chose : parfois, quand je me réveillais, cela faisait comme des moucherons qui planaient au-dessus de ma tête, puis ils disparaissaient.

Les nuits d'angoisse, pire que n'importe quel film d'horreur.
Benjamin n'a pas tenu sa promesse. Il n'est jamais là. Je m'endors tous les soirs dans le canapé, terrorisée, parce que la chambre me fait trop peur. Il est rare que j'y dorme, car si j'y dors, je ne supporte pas les bruits et événements qui s'y passent. Quand je m'endors dans mon canapé, même si j'entends des pas dans ma chambre, je me dis que ce n'est pas grave, je peux encore sortir si le bruit descend, je n'ai pas l'escalier à dévaler. Je ne comprends toujours pas pourquoi j'y suis restée aussi longtemps et surtout comment j'ai tenu.

Le point de non-retour est atteint avec la vidéo tournée avec Horia, où se succèdent des événements étranges. Cela fait quatre ans maintenant qu'il se passe des choses impensables dans cet appartement, mais je n'en parle pas. J'ai peur qu'on me prenne pour une folle. Quelquefois, des youtubeurs sont venus et m'ont dit :

« C'est bizarre chez toi, c'est normal, les bruits ?
– Oui, t'inquiète, ce doit être les voisins… »

« Parmi les plus faibles,
le plus fort est celui qui
n'oublie pas sa faiblesse. »

Proverbe suédois

En fait, il n'y avait pas de voisins au-dessus. C'était une vieille maison divisée en appartements. Personne au-dessus de mon salon à part ma chambre, et au-dessus de ma chambre, c'était le toit… Mon voisin le plus proche était à côté de la porte d'entrée.

Le comble a été quand Horia a posté la vidéo d'Halloween et que des internautes ont remarqué sur le mur derrière nous une croix noire à l'oblique qui se formait au fur et à mesure que la vidéo avançait, au fur et à mesure que les événements s'amplifiaient. Cette vidéo n'est plus visible. J'ai demandé à Horia de la supprimer, car j'avais l'impression que plus les gens avaient peur, plus les phénomènes étranges se multipliaient.

Suite à cette vidéo, voyant que beaucoup s'inquiétaient pour moi, j'ai décidé de faire une vidéo pour calmer tout le monde. Mauvaise idée, je me suis fait encore plus peur et cela n'a rien arrangé.

Évidemment, certains ont cru que c'était un fake. Honnêtement, j'aurais adoré que cela soit juste une mauvaise farce. Mais j'ai les vidéos, les photos, les preuves de tout (vous n'imaginez pas tout ce que je pourrais vous décrire tellement c'est flippant). En bonne cartésienne que je suis, j'ai tout fait pour trouver une explication rationnelle.

Il n'y en a aucune, et la situation s'est dégradée tellement rapidement que j'ai dû quitter l'appartement en urgence.

Le point de non-retour a été atteint un soir où je me concentrais sur mon ordinateur pour ne pas avoir peur et finir le montage de ma vidéo Halloween. J'ai senti comme une main me toucher l'arrière de la tête. Une onde de froid m'a alors parcouru tout le corps. Immédiatement je me suis dit : « Calme-toi, c'est bon. Tu es fatiguée c'est dans ta tête. »

Mauvaise idée… Une mèche de cheveux est alors venue se coller devant mes yeux, je me suis levée d'un coup, j'ai couru vers la fenêtre, j'ai regardé la pièce et j'ai senti comme un goût de sang dans ma bouche. J'ai juste eu le temps d'appeler Karim, mon voisin qui vivait juste en dessous, et il m'a sortie de l'appartement.

Cette nuit, je décide que c'est fini. Je n'y retournerai plus. Fin ! Je me retrouve dans ma voiture sans savoir où aller. Ma mère est en Afrique, mon père vit en Creuse, ma sœur est à Paris, qu'est-ce que je fais ? Et si le truc me suit ?
J'ai tellement peur de mettre Céline en danger que je décide d'aller avec ma voiture devant chez elle et d'y dormir. Demain, il fera jour. Je lui expliquerai la situation.
Le choc est trop grand, je ne comprends pas ce qui se passe. Je suis à bout et je décide d'aller sonner chez ma sœur…

Céline m'ouvre, je n'arrive pas à parler, j'esquisse un : « Je ne vais pas bien Cel, désolée de t'embêter, je peux dormir avec toi ? » (Cela ne vous rappelle rien ?)
Je ne me souviens plus très bien de ce qui s'est passé. Je me suis réveillée très tard le lendemain et Céline m'a demandé des explications. Je lui ai alors parlé de l'appartement et de tout ce qui m'arrivait. Elle m'a dit que c'était débile de rester là-bas qu'il y ait ou pas quelque chose. Ce qui était sûr, c'est que je lui avais fait très peur, hier soir, tellement j'étais livide : « On n'aurait pas dit toi, Mil ! C'était flippant ! »

Milou, c'est le surnom que me donne Cel. Ma sœur est essentielle dans ma vie. On se ressemble beaucoup physiquement, mais nous avons toutes les deux des caractères différents. On partage cependant les mêmes valeurs.
Céline a un travail très prenant et je la vois peu, mais je sais qu'elle est et sera toujours là pour moi, encore une situation qui me l'a prouvé. Elle n'a pas hésité à m'ouvrir sa porte malgré ma tête de zombie. Croyez-moi, je devais faire peur !

Suite à cela, elle a poussé ses affaires pour que je m'installe à ses côtés. Pendant deux mois, elle a veillé sur moi, dans son petit 12 m², avant de partir s'installer avec son petit copain, Mathieu.

Toujours Y CROIRE

La pole dance et la sortie du tunnel

Je ne fais que dormir et manger. Et dans mon sommeil, je rêve de Benjamin. Au fond, j'espère parfois ne jamais me réveiller. Je ne veux pas inquiéter ma famille, ni polluer mes abonnés avec des ondes négatives. Alors je garde tout ça pour moi, enfin, du mieux que je peux.

Est-ce que c'est vrai, cette histoire ? Je deviens folle ? Pourquoi moi ?

J'ai besoin de me reconstruire, loin du bouton « publier » de YouTube. Je reçois beaucoup de messages de mes abonnés. Ils s'inquiètent de savoir si tout va bien pour moi. Je les remercie à chaque fois, sans rentrer dans les détails.

Comme souvent dans ma vie, c'est à partir de ces éléments négatifs que va naître le meilleur : en touchant ma première barre de pole dance, j'ignore encore qu'une passion est en train de naître.

Je l'avais testé une fois, lors de l'enterrement de vie de jeune fille de ma meilleure amie d'enfance. J'avais adoré. C'était étrange de voir à quel point j'étais à l'aise, comme si j'étais dans mon élément. Je n'avais jamais osé reprendre un cours, mais cette fois, j'ai le besoin impératif de me sentir femme, belle et forte. Je prends mon courage à deux mains et je m'inscris à un cours. C'est une révélation.

C'est un sport très riche qui permet de s'accepter. Déjà, il faut être en short et brassière, sinon on n'adhère pas à la barre. On se rend compte que notre corps, quels que soient les défauts qu'on lui prête, est capable de choses incroyables.

La pole dance requiert un mélange de souplesse et de force. Souplesse, force… ça vous dit quelque chose? Ce sont les qualités que déploient les warriors, au quotidien.

En cours, j'oublie tout. Les déceptions amicales, Benjamin, les inquiétudes professionnelles, le harcèlement sur la toile… Grâce à mes nombreuses années d'apprentissage de la danse, je progresse très vite. La barre de pole dance devient l'équivalent de mon arbre, quand j'étais petite. Une compagnie rassurante, loin de tout ce qui pourrait me blesser.

Je partage cette passion sur mes réseaux, YouTube puis Instagram, où je lance un compte dédié : @emmypoledance. Je dois bien avouer que je nourris l'espoir secret que Benjamin tombe dessus et reconnaisse la femme qu'il n'a pas su garder.

Et si je revenais ?

De cette période de turbulences que je viens de traverser, je sors changée. Je suis dégoûtée de l'univers de la beauté sur YouTube et de cette hypocrisie latente. J'ai envie d'autre chose. De m'éclater. C'est ce que m'apportaient mes vidéos humour que je faisais avec Jules à la caméra, Niko au montage et Nate au scénario.

Je sais que cela ne plaisait pas à tout le monde, mais je m'en fichais, ce que je voulais, c'était m'amuser, sinon je serais devenue trader ! Ce que les gens ont parfois du mal à comprendre, c'est que YouTube n'a jamais été un business pour moi. Je veux me faire plaisir et régaler mes abonnés, c'est aussi simple que ça !

Sachez qu'il y a toujours une partie de moi dans ces vidéos, de mes histoires, et beaucoup de piques en direction de Benjamin. Quand je faisais mes vidéos humour, j'adorais jouer la comédie.

La comédie qui me lasse, c'est celle du cliché de la youtubeuse beauté. Même mon nom sur YouTube, EmmyMakeUpPro, commence à me peser. Je l'ai choisi il y a plus de dix ans, et aujourd'hui, il me porte préjudice. On attend de moi que je sois irréprochable au niveau de la technique, alors que je suis autodidacte et que je suis juste là pour aider des filles à se maquiller…
J'ai l'impression d'être attendue au tournant à chaque fois que je parle make-up. Je propose un maquillage nude, on me dit que c'est trop facile. Je suggère un maquillage chargé, ça fait vulgaire.

Ces commentaires méchants, j'ai longtemps essayé de les ignorer, mais finalement, ils ont gagné. Comme à l'époque de l'école où ma prof me descendait tout le temps, je n'ose plus créer ni inventer. Je me sens coincée et je veux passer à autre chose.

Mais quoi ? Cette question, je me la pose très régulièrement.

Il n'y a pas de mode d'emploi de reconversion de la youtubeuse. Il y a des chemins à explorer, des remises en question constantes, des risques à prendre, des opportunités à saisir et, je m'en rends compte par le biais d'un nouveau coup dur, des combats à mener.

L'autre changement : la fin de la semaine de l'horreur.

« Elle avait contribué à faire décoller ma chaîne. Huit ans après, j'ai décidé d'y mettre fin. En 2016, j'étais en plein dans ces histoires d'appartement hanté : la peur ne m'amusait plus. Je n'avais aucune envie d'aller titiller cette émotion chez moi ni chez mes abonnés. Je me suis obligée à la poursuivre une année encore, et cela a été l'année de trop. Comme à chaque fois, je suis sortie de cette période exténuée, angoissée, fragilisée. J'ai alors décidé d'arrêter définitivement la semaine de l'horreur. Comme le dit le proverbe, toutes les bonnes choses ont une fin. »

La découverte de ma maladie

Tout part d'un snap posté lors d'une soirée en février 2018. On filme mes jambes sans que je le sache. En rentrant chez moi, je consulte mes mails et j'en reçois un très étonnant : « Est-ce que tu as des douleurs aux jambes ? », « Une sensation de lourdeur ? »… Je suis bouleversée, car je réponds par l'affirmative à tout. Voici comment j'ai rencontré celle qui a changé ma vie, ma Pauline. Pauline m'explique qu'elle est atteinte d'une maladie et qu'elle pense que je le suis aussi.

Je tape sur Google ce nom étrange qu'elle m'a donné : « lipœdème ». Ce que je lis et ce que je vois me bouleverse parce que c'est rapidement une évidence : je souffre de cette maladie.

Cette petite voix qui me hurlait qu'il y avait un problème avait donc raison. J'ai laissé des hommes et des femmes se moquer de mon corps, des médecins me dire que c'était ma morphologie, alors que j'étais atteinte d'une maladie.

« Je te l'avais bien dit…
Bisous »
Signé : Ton intuition

Pour moi, c'est un nouveau combat qui commence : je vais me battre contre le lipœdème. Le mien, mais aussi celui qui touche toutes ces femmes qui souffrent en silence.

Je commence à faire mes recherches sur les opérations possibles. Je réalise rapidement que l'Allemagne est beaucoup plus au fait du sujet et, que si je dois me faire opérer, ce sera là-bas. Il faut compter trois opérations dans mon cas, à 6000 euros chacune. Le tout sans remboursement ni prise en charge.

Je suis paniquée à l'idée de l'opération, du budget que ça représente, de partir dans ce pays que je ne connais pas et dont je ne parle pas la langue. Mais je suis une warrior, et ce n'est pas le moment de baisser les bras.

« Il n'y a pas un « bon » parcours à respecter face au lipœdème. Je partage mes découvertes et le fruit de mes recherches avec ma communauté, mais je ne suis pas médecin. Mes choix ont été le fruit d'un an de réflexion : si vous êtes concernée par cette maladie, ne vous précipitez pas, prenez le temps de faire vos propres recherches et de vous faire votre propre avis. »

Le lipœdème, qu'est-ce que c'est ?

Le lipodème ou la maladie des jambes dites « poteaux »

C'est un trouble pathologique de la répartition des graisses qui se placent entre le système lymphatique et le système veineux, et les empêchent de fonctionner correctement. Cette maladie progresse avec le temps et risque de se transformer en « lipo-lymphœdème » : le liquide lymphatique s'accumule dans les tissus et produit le gonflement anormal d'une partie du corps.

Le lipœdème est une maladie très majoritairement féminine et largement répandue, puisqu'elle touche une femme sur 10. C'est une pathologie qui peut être douloureuse physiquement, mais aussi psychologiquement. Elle est reconnue par l'Organisation mondiale de la santé, mais on en parle pourtant très peu.

Quelques jours avant l'opération, je décide d'en parler à ma communauté, pour ne pas changer d'avis. C'est une forme d'engagement auprès d'eux, qui prouve encore à quel point je ne veux pas les mener en bateau.

Suite à la vidéo où je dévoile cette maladie, je reçois plus de 2000 messages de femmes qui se sentent concernées, et me remercient. Je suis bouleversée, parce que je sais ce qu'elles vivent à ce moment-là. C'est un simple mot, mais le connaître change tout : ces femmes sortent enfin de la culpabilité pour comprendre qu'elles sont victimes d'une pathologie. La vidéo fait 500000 vues en un mois.

Parallèlement, je travaille d'arrache-pied pour médiatiser ce problème. Je constitue un dossier très complet que je fais parvenir à l'émission *Sept à huit*. Ils vérifient attentivement toutes mes sources, enquêtent de leur côté et me rappellent : ils veulent y consacrer un sujet.

De toutes les interviews auxquelles j'ai eu à répondre depuis le début de ma chaîne, c'est clairement la plus difficile. C'est dur de parler de souffrances, de montrer mes jambes. Moi qui aime tant la télé, sur ce coup-là, je suis loin d'être à l'aise. L'émission est diffusée le 27 janvier 2019. Avec une audience de 5 millions de téléspectateurs, je sais que, pour plein de femmes, il y a eu un avant et un après le reportage.

J'ai subi mes trois interventions. Les suites sont douloureuses, mais je n'arrive pas à me reposer : il y a tellement de femmes qui attendent des conseils et des solutions. J'apprends que, contrairement à ce que je pensais, certains chirurgiens pratiquent l'opération en France. À moi de vous trouver le bon !

Une de mes plus belles victoires

« Pendant ces longues années de complexe et de souffrance vis-à-vis de mon corps, j'ai regardé avec envie les photos de filles qui portaient des chaussettes hautes. Je trouvais ça joli, féminin, sexy… Alors après la deuxième opération, lors d'un shooting photo, cet accessoire, c'était tout un symbole. J'adore cette série, où mes jambes sont marquées d'hématomes et criblées de 45 points de suture, mais où enfin, je me suis sentie libre de porter ses fameuses chaussettes… »

Je fais des points réguliers sur l'avancement de mes recherches à mes abonnés. Je parle des douleurs postopératoires, je préviens des risques, sans jamais me substituer au rôle d'un médecin.

Surtout, j'encourage mes warriors concernées par cette maladie à ne pas lâcher l'affaire. Si vous pensez que vous souffrez d'un lipœdème et que votre médecin ne connaît pas cette maladie, trouvez-en un autre. Et s'il balaye la possibilité d'un revers de main, sans s'y attarder, insistez et n'hésitez pas à demander l'avis d'un autre professionnel !

Ce combat n'est pas encore fini à l'heure où je vous écris. Mais déjà, comme le font souvent les épreuves de la vie, cette maladie m'a appris énormément de choses sur moi, et les autres.

Pour ceux qui se demandent où en est mon histoire avec Benjamin, elle n'a pas évolué. Il n'a pas pris de décision, malgré tous ses mots d'amour et ma patience démesurée.

Je n'ai pas de doutes sur les sentiments de Benjamin et sa sincérité. C'est pour cette raison que j'ai décidé de ne pas le détester et de lui « pardonner » ses erreurs. Sans lui, je n'aurai jamais su ce qu'est l'amour, celui qui peut te transporter autant que te pulvériser.

Mais… comme vous l'aurez compris, ma vie est faite de hauts, de bas, de rebondissements et surtout d'évènements imprévisibles…

Et voilà comment contre toute attente, ce qui aurait pu m'anéantir m'a donné des ailes : j'ai mis des mots sur un énorme mal-être, j'ai trouvé des moyens de le combattre, j'ai fait des rencontres, j'ai été utile à d'autres.

Surtout, à la question : « Qu'est-ce que tu veux faire sur YouTube, maintenant ? », j'ai désormais une réponse : je veux porter les causes qui me tiennent à cœur !

En amour ce ne sont pas les paroles qui comptent, mais les actes.

Toi aussi, tu veux te lancer ? Voici mes conseils !

Important : mes journées se suivent, mais ne se ressemblent pas. Si tu veux une vie normale, change de direction. Ce métier est riche en émotions, mais également en instabilité.

→ Trouve ta passion, ton sujet de prédilection.

→ Réfléchis à comment tu peux développer ton sujet, le rendre encore plus original.

→ Crée-toi un pseudo unique, identique pour tous les réseaux : Instagram, Facebook, YouTube, Snap… Attention, vérifie qu'il n'est pas déjà utilisé.

→ Achète le matériel indispensable à la réalisation de vidéos de qualité : un trépied, un appareil photo, un micro et un panneau led (la lumière et le son, c'est essentiel).

→ Prépare ta première vidéo : Qui es-tu? Pourquoi lances-tu ta chaîne? Quel est ton concept? Combien de fois par semaine vas-tu poster? À quel horaire? Et tes réseaux sociaux?

→ Monte la vidéo et upload-la : n'attends pas de la trouver parfaite, elle ne le sera jamais! On peut toujours s'améliorer. Le plus important, c'est de se lancer! Fonce, tu es un(e) warrior.

→ Crée un titre accrocheur et une belle vignette : quand c'est fini, demande-toi si toi, tu aurais envie de regarder cette vidéo...

→ Une fois en ligne, partage-la sur tous tes réseaux. Lis les commentaires et réfléchis à ta prochaine vidéo : qu'est-ce qui a interpellé les gens? Qu'est-ce que tu as envie de faire découvrir à tes abonnés ou de partager avec eux la prochaine fois? Qu'est-ce qui t'amuse? Note tes idées, pour y revenir un peu plus tard.

→ Et voilà, tu es lancé(e)! Soit fier(e) de toi.

Attends, j'allais oublier, car ces questions vont arriver dans peu de temps :

→ Tu n'as pas beaucoup de vues, peu de commentaires? Tu es triste, tu veux tout arrêter? Mais dis-moi? Pourquoi fais-tu des vidéos? Pour le plaisir ou pour avoir de la notoriété ? Hum... Pose-toi les bonnes questions.

Ne te décourage pas, on s'en fout de la popularité, ce qui compte, c'est que tu t'éclates. Relis mon histoire, je te donne toute ma force et tu vas accomplir de grandes choses. Sur YouTube ou ailleurs ! La vie n'est pas un chiffre derrière un écran, la vie c'est ce que tu apportes aux autres, à TOI. Trouve ton bonheur.

YouTube est une passion avant un métier. Ne fais pas de vidéos pour la gloire, tu ne la trouveras pas, ne fais pas de vidéos pour l'argent, il n'y en a pas (peu !), fais YouTube pour t'amuser et je te souhaite d'avoir la chance de te développer.

« Rome ne s'est pas faite en un jour. »

Manzoli

Zoom sur les partenariats, cela pourra te servir

J'ai beaucoup de propositions, mais je suis très sélective dans mes choix. Mes abonnés, c'est comme ma famille. Et avec toutes les arnaques qui tournent (faux sites *via* lesquels les abonnés achètent des produits, mais ne reçoivent jamais leur achat, produits importés de Chine et revendus bien plus cher...), je fais vraiment attention. Petite check-list non exhaustive de ce que je vérifie :

• Il y a un premier tri qui se fait par mail : une erreur dans mon prénom, une disposition du texte qui montre qu'il s'agit d'un copié-collé, un message pas personnalisé et qui ne colle pas à ma chaîne... Hop, poubelle, c'est la preuve d'un manque de sérieux dans la démarche.

• Je vérifie qu'il s'agit d'une vraie société, en demandant le numéro SIRET, le numéro de TVA, l'adresse et le numéro de téléphone.

- Si le mail est envoyé depuis une adresse Gmail, je demande un nouvel envoi *via* la boîte mail de la société.

- Je demande si besoin des précisions sur le parcours de la marque, ses valeurs, ce qu'elle souhaite mettre en avant et à quelles conditions.

- Je m'assure qu'il y a un réel intérêt pour mes abonnés en me demandant : « Est-ce que je conseillerais ce produit à ma mère ou à ma sœur ? »

- Si la réponse est « oui », je demande systématiquement un entretien téléphonique, pour me faire un avis plus précis sur l'entreprise.

- Alors seulement, on précise ensemble les modalités.

- J'essaye toujours de négocier un bénéfice pour mes abonnés, comme un jeu concours ou un code promo.

- Je me mets au boulot !

Interro surprise !

Sur une vidéo pour laquelle Emmy a réalisé un million de vues (ce qui est énorme et n'arrive pas tous les quatre matins), quelle somme va-t-elle percevoir ?

Réponse : entre 50 et 500 euros, selon la période de l'année. Soit entre 17 et 167 euros par jour de travail. Imaginez quand vous avez une équipe technique à payer...

J'oubliais, nous sommes en France, pour percevoir l'argent, il vous faut une société, et qui dit société, dit prélèvements fiscaux. De mon côté j'ai une SASU (société par actions simplifiée unipersonnelle), retirez maintenant 60 % à cette somme et vous aurez le montant par vidéo : entre 7 et 67 euros.

Flippant, non ?

Idée reçue n° 723 : la youtubeuse beauté roule sur l'or et est pourrie gâtée par les marques qui la rincent en maquillage.

Alors, vrai ou faux ?
La question de l'argent, d'abord : pour comprendre, voilà quelques repères concernant la monétisation de YouTube.

La rémunération est appelée RPM : c'est le Revenu Pour Mille vues. Ce qui veut dire, logiquement, que plus l'on fait de vues, plus l'on est payé.
Il change chaque mois, en fonction de l'enveloppe budgétaire de YouTube, car selon les mois, il y a plus ou moins d'annonceurs, donc plus ou moins d'argent.
Cette enveloppe, on se la partage entre youtubeurs. Or, aujourd'hui, on est très, très nombreux. Du coup, le RPM est variable. Mais il se situe entre 10 centimes et 1 euro (quand il y a beaucoup d'annonceurs, comme en période de Noël) pour 1 000 vues.

Autre élément à prendre en compte : vous ne voyez pas de pub à chaque fois que vous regardez des vidéos. Sur la totalité des vues, seules celles qui ont généré de la publicité sont payées, ce qui représente environ 50 % des vues.
Enfin, une vidéo ne se fait pas aussi vite qu'une story ou un snap : il faut réfléchir à un concept, préparer le matériel ou les interventions nécessaires, tourner la vidéo, faire le montage, la publier sur l'ensemble des réseaux, répondre aux commentaires. On peut considérer qu'une vidéo, c'est trois jours de travail.

Deuxième aspect qui revient souvent, la question des cadeaux. Alors je ne vais pas vous mentir. Oui, les quantités reçues sont impressionnantes !

Récemment, j'ai reçu dans une boîte les dix parfums les plus vendus en France. Un autre jour, la totalité du rayon rouge à lèvres de la marque Sephora.

C'est en 2017 que les cadeaux ont vraiment commencé à pleuvoir, avec l'apparition des agences qui regroupent plusieurs marques et s'occupent de leur visibilité sur les réseaux sociaux.

Je suis complètement consciente du privilège que cela représente, et c'est exactement la raison pour laquelle je ne suis pas toujours très à l'aise avec ça. Ce que l'on reçoit représente une somme d'argent énorme. C'est presque indécent, et je ne peux pas m'empêcher, chaque fois que j'ouvre les sacs, de penser à ceux pour qui s'acheter ne serait-ce qu'un produit de maquillage est purement impossible.

Le deuxième problème concerne mes finances : ma chaîne, comme les autres, a besoin d'argent pour exister. C'est mon travail, et j'ai besoin d'un salaire pour vivre, payer mon loyer... Or, ma banque ne prend pas les rouges à lèvres, et ma boulangère non plus.

Chaque fois que je reçois des produits dont je vais potentiellement parler sur ma chaîne, j'offre à la marque une visibilité importante, mais je tire un trait sur un partenariat rémunéré.

Le troisième problème, c'est le gâchis énorme que représentent ces cadeaux. Je reçois des produits pour peau grasse alors que j'ai la peau sèche, et des teintes de fond de teint que je ne peux absolument pas mettre. J'en fais gagner de temps à temps à ma communauté, mais je suis obligée de limiter, car les frais de port sont à ma charge. Alors, j'en fais quoi ?

Mon plus beau cadeau

« Mon voyage aux Maldives pour le lancement du mascara BADgal Bang! de Benefit. J'ai été sélectionnée pour représenter la France pour ce grand lancement mondial. Le voyage aux Maldives représentait un rêve inabordable. Partir vers cette destination paradisiaque pour le travail de mes rêves a été l'un de mes plus beaux cadeaux. »

Le gâchis est aussi écologique : à une période où on doit tous réduire nos déchets, je suis souvent confrontée à l'abondance de ces produits, de ce plastique et de ces conditionnements en carton qui me sont envoyés alors que je ne peux rien en faire.

En conclusion, oui, ces cadeaux sont un privilège, mais je préfère mille fois quand une marque me contacte, de façon personnalisée, dans l'objectif de me faire découvrir un produit afin, éventuellement, de mettre en place un partenariat rémunéré.

Nouveaux horizons

Des coups bas, des coups de cœur, des coups de chance, des coups durs… YouTube, c'est tout ça à la fois. Ce sont des gens prêts à tout pour gagner quelques abonnés, et d'autres prêts à tout pour incarner leurs valeurs et continuer à faire ce pour quoi ils sont arrivés là : s'amuser, partager, découvrir, créer du lien, divertir, apprendre…

Ces dix dernières années, la plupart de mes joies et de mes tristesses, de mes réussites et de mes déceptions, ont tourné autour de YouTube. Je suis une bosseuse acharnée, je consacre énormément de temps et d'énergie à ce travail, alors dans un sens, c'est normal que tout gravite autour.

Mes abonnés, c'est tout pour moi. Dans les moments difficiles, c'est à eux que je pense. Quand le combat contre le lipœdème me paraît trop dur à mener, c'est à eux que je me raccroche. Quand j'ai été à deux doigts de sombrer, c'est pour eux que j'ai tenu. Et quand le soleil revient et qu'une bonne nouvelle tombe du ciel, c'est aussi avec eux que j'ai envie de la partager.

C'est pour eux que j'ai envie de continuer sur YouTube. Ce n'est pas toujours facile financièrement, mais je n'ai pas l'intention de vendre mon âme au diable et d'accumuler les partenariats qui ne me correspondent pas ou ne correspondent pas à ma communauté. J'ai grandi et mûri, j'ai appris de toutes ces expériences et j'ai fait du tri dans ma vie et dans ma tête. Je veux suivre mes règles du jeu, défendre mes combats et mener ma barque. Qui m'aime me suive, tant pis pour les autres.

J'ai aussi d'autres projets. Je continue à rêver de télé et de cinéma. Début 2019, j'ai eu la chance de co-présenter avec Stéphane Bern *La fabuleuse histoire de l'hygiène et de la beauté*, diffusée sur France 2 en prime time à 20 h 50. Comme à chaque fois qu'il m'a été donné de présenter une émission, j'ai adoré cette expérience.

Et puis il y a la pole dance, à laquelle j'aimerais consacrer plus de temps. J'ai envie que d'autres filles découvrent les pouvoirs magiques de ce sport sur la confiance en soi, l'affirmation, l'image de soi. Il y a du boulot à faire sur l'image de cette activité : ce n'est pas vulgaire ni aguicheur comme certains le pensent. J'aurais adoré trouver un endroit à Paris où enseigner la pole dance et vous rencontrer. À réfléchir ! ?

C'est drôle quand je repense à l'Emmy d'avant, qui doutait de tout. Pourtant, elle a suivi cette petite voix en elle, très étouffée, qui lui soufflait : « Et pourquoi pas ? » J'espère qu'elle est fière de moi aujourd'hui. En tout cas, grâce à elle, je sais désormais que rien n'est impossible. Et que la seule limite qui existe, c'est celle que l'on décide de se fixer.

Cette limite, je l'ai mise beaucoup trop bas pendant bien trop longtemps. Et c'est à la force de vos « pouces bleus », de vos commentaires, de vos sourires, de vos messages que vous m'avez aidée à la relever, alors c'est à vous que je voudrais m'adresser pour conclure.

Mes warriors...

C'est à vous que j'ai voulu m'adresser dans ce livre. À vous que j'ai voulu me dévoiler, sans fards ni paillettes. Et comme à chaque fois que j'ai voulu vous « donner », j'ai aussi beaucoup appris. Vous écrire, ça a été l'occasion de faire une introspection, un bilan, de me retrouver, et d'avancer vers toujours plus d'honnêteté.

J'ai toujours voulu rester sincère et intègre, et je peux vous affirmer, droit dans les yeux, que le seul moment où je vous ai menti, c'est quand j'ai souri face caméra alors que les larmes coulaient quand j'étais seule.

Mais ce sourire, je ne le regrette pas. Finalement, c'est peut-être lui qui m'a sauvée. Et comme je l'arborais pour vous, c'est vous que je dois remercier.

Grâce à vous, j'ai pris confiance en moi, j'ai rencontré des amis, j'ai découvert ma maladie, j'ai dépassé ma rupture, des déceptions amicales, et j'ai trouvé le job de mes rêves. Je me dis souvent que je n'aurais rien voulu faire d'autre que ce que je fais aujourd'hui. C'est grâce à vous que j'ai échappé à une vie que je ne voulais pas mener.

Aujourd'hui, mon boulot est la seule chose qui compte vraiment. Vous êtes la seule chose qui compte vraiment, avec ma famille et mes amis. Je me nourris de votre amour, mais je dois l'avouer : j'aimerais qu'il y en ait plus dans ma vie, et je sais qu'il y a la place pour ça. Ce qui manque à mon bonheur aujourd'hui, c'est un homme avec qui je m'épanouirai.

Je vivrais sans doute encore des déceptions, mais comme disait Nelson Mandela : « Je ne perds jamais. Soit je gagne, soit j'apprends. » Et puis j'ai avec moi une armée de warriors : je vous ai dans la peau, et dans tous les sens du terme.

Ce tatouage, que je me suis fait faire en 2016, contient le W de Warriors. Notre emblème.

Le début du tatouage, c'est une ligne droite, plate. Ma vie avant vous. Puis se dessine un grand W, celui de Warrior, la force et la puissance suivies par des pics de hauts et de bas, sur lesquels on surfe sans jamais baisser les bras. Il se termine par un cœur, pour une raison aussi simple qu'essentielle : l'amour triomphe toujours.

J'espère par ce livre vous avoir redistribué un peu de tout cet amour que vous me donnez chaque jour. Prenez soin de vous, et n'oubliez jamais : le sourire est une arme. Il n'y a jamais de point final, que des aventures à ne pas manquer.

Emmy

FABRIQUÉ JUSTE POUR TOI
1an d'amour
Quoi qu'il arrive, crois en la vie, crois en ce que tu fais, mais surtout crois en toi !

Remerciements

Je tiens à remercier du fond du cœur l'ensemble de ma famille qui me soutient et a toujours cru en moi. Mon socle.

Maman, à toi, ce livre, je le dédie. Toi qui a su changer, à toi que j'ai toujours affrontée, à toi à qui j'ai voulu prouver que l'impossible n'existait pas, tant qu'on y croit. Non maman, je n'ai jamais été une fainéante, j'étais juste une enfant qui n'aimait pas l'école. Je t'ai tellement détestée, mais ce n'était que pour mieux t'aimer. Je sais aujourd'hui pourquoi tu m'as tant blâmée. La peur. Peur que je ne m'en sorte pas, la peur que je n'avance pas et surtout la peur de me perdre. Mais non maman, je suis, et je serais toujours là, quoi qu'il se passe. Merci maman, car grâce à toi je me suis surpassée.

Papa, toi, l'homme de ma vie, mon confident, l'homme dont la présence me manque tellement… J'espère que tu es fier de moi. Fier de la femme que je suis devenue. Papa merci, merci d'avoir été là, d'être là pour moi.

Cel, ma sœurette d'amour, merci. Merci d'être cette petite sœur discrète, mais qui n'hésite quand même pas à me défendre quoi qu'il advienne, me tenir tête quand tu le penses nécessaire, merci d'être toujours fidèle au poste même quand cela t'embête.

Mathieu, le sang, merci, merci d'être la personne qui me fait souvent rire et de ta présence. Merci de prendre soin de ma Célinette.

Vincent, merci, merci d'être un pilier toujours de bon conseil et de m'avoir souvent proposé ton aide.

Parrain, merci de toujours trouver les mots pour me féliciter. Tes messages de soutien m'ont souvent fait pleurer.

Bruno, cousin, toi qui es comme mon meilleur ami, un grand merci pour ton oreille toujours attentive.

Ma tatie Marie d'amour, un IMMENSE merci à toi qui m'a toujours défendue, soutenue, écoutée, protégée...

Ma tatie Martine chérie, merci pour tes adorables attentions, merci de ton aide quand j'étais petite.

Pierre, merci cousin, je sais que tu es discret, mais toujours présent quand il le faut... Je n'oublierai jamais ce SMS que tu m'as envoyé : « Cousine, c'est normal de te soutenir, tu es la seule de la famille qui fait tout pour accomplir ses rêves. » Tu ne peux pas savoir combien ton message m'avait touchée... et donné envie de continuer à me battre pour réussir.

Ornella, ma petite cousine d'amour, ma sœur de cœur, l'une de mes plus grandes confidentes. Mon Orni, merci pour TOUT ! Tes mots, ton amour, ta confiance, notre complicité, nos délires... Merci à ton Benjamin, le sang, d'être toujours là.

Lala, ma partenaire de sport sur place. Merci Lala de ton soutien, de ta présence et de tous tes conseils sur la vie.

Tonton Jo, merci pour ton aide, tes conseils et tes visites quand je ne vais pas bien.

Pierrot, mon Pierrot chéri, merci de toujours m'écouter, on ne se voit pas assez, mais je sais qu'on peut compter l'un sur l'autre.

Des pensées à Armelle et Clément sans oublier ma marraine chérie qui a toujours été là et tonton Guy.

Magali, cousine, merci de m'avoir appliqué mon premier mascara qui m'a tant fait pleurer, lol ! Et surtout un grand merci pour tes nombreuses aides face à mes problèmes. De grosses pensées à ma princesse Sana et à mon beau Mathis.

Tatie Michoubidou, merci pour tes multiples appels, pensées, petits mots qui me font toujours plaisir.

Et un ÉNORME, ÉNORME merci à mes neveux Paul-Elie et Ruben, toujours présents pour leur tatie, ma nièce, ma poupée d'amour Chloé ainsi que ma princesse et filleule chérie Castille.

Ma team de Marseille, mes amours de copines : Claudia & Manon. Les filles, merci de m'avoir soutenue coûte que coûte lors des moments très difficiles.

Des millions de câlins à l'ensemble de mes amis et à des personnes qui représentent beaucoup dans ma vie : Joanna, Tony, Guillaume, Rosa, Youdi, Corinne, Maud & Sébastien, Nelly & Jean-Luc, Élodie & Jean, Yoyo & Estelle, NadiaO, SoniaK, Lucas, Romu...

Merci à l'ensemble des marques et partenaires professionnels qui me font confiance depuis de longues années et me gâtent chaque jour.

Et pour finir, merci à ma maison d'édition : Larousse qui croit en moi et me permet aujourd'hui de laisser une trace écrite de mon parcours. Sylvie, Aurélie : MERCI !

J'aurais encore plein de monde à citer, mais je vais m'arrêter là.

Si tu es arrivé(e) à ce moment-là du livre, sache que je te remercie du fond du cœur pour l'intérêt que tu viens de me porter.

N'hésite pas à me laisser un commentaire sur mon livre *via* les réseaux sociaux, j'espère que mon expérience t'aura donné la force de garder le sourire quoi qu'il t'arrive et de te battre pour accomplir tes rêves.

#PASCOMMELESAUTRES

Du virtuel au réel, il n'y a qu'un pas.
Mission réussie.

Emmy

Crédits photographiques

p. 6 © Olivier Merzoug, p. 9 © Alexandre Sitter, p. 15 à 31 archives personnelles, p. 36 Thinkstock © Martin Poole, p. 41 © Nolwenn Raoul, p. 43 DR, p. 52 © Nicolas Gérardin, p. 61 © Mohamed Khalil, p. 62 © Olivier Merzoug, p. 66 © Nolwenn Raoul, p. 68 Shutterstock © Popova Tetiana, p. 72 Nolwenn Raoul, p. 80 © Nicolas Gérardin, p. 82 DR, p. 83 DR, p. 86 DR, p. 90 Nolwenn Raoul, p. 92 Nolwenn Raoul, p. 95 DR, p. 96 DR, p. 101 Nicolas Gérardin, p. 104 DR, p. 106 DR, p. 113 © @aboutchiara_, p. 116 © Nolwenn Raoul, p. 128 Shutterstock © Richard Affolder, p. 134 DR, p. 142 © Olivier Merzoug, p. 145 © RPhotography, p. 148 © Olivier Merzoug, p. 153 © Olivier Merzoug, p. 156 © Nolwenn Raoul, p. 169 DR, p. 170 DR, p. 174 © DR
Dessins : © Shutterstock

PAPIER À BASE DE FIBRES CERTIFIÉES

LAROUSSE s'engage pour l'environnement en réduisant l'empreinte carbone de ses livres. Celle de cet exemplaire est de :
1,8 kg éq. CO_2
Rendez-vous sur www.larousse-durable.fr

Pour les Éditions Larousse, le principe est d'utiliser des papiers composés de fibres naturelles, renouvelables, recyclables et fabriquées à partir de bois issus de forêts qui adoptent un système d'aménagement durable. En outre, les Éditions Larousse attendent de leurs fournisseurs de papier qu'ils s'inscrivent dans une démarche de certification environnementale reconnue.

Imprimé en Espagne par Estella Graficas
Dépôt légal septembre 2019
323648/01- 11041050 - août 2019